荊楚爭雄記

—異俠大系・新編完整版—

黃易

荊楚爭雄記

目錄

第一章　城破家亡

刀光劍影，喊殺連天。

城內城外，冒起數十股濃煙，隱見烈焰騰奔而起，方圓數十里內的高空，覆蓋著濃厚的烏煙。時雖當午，秋陽掛天，但在黑煙遮蔽下，大地卻是昏暗無光。

城南外牆被撞破多處，敵人的擂木仍如毒龍般猛攻，郤氏家兵組成血肉的長城，拚死頑抗，阻擋從缺口潮水般湧入的凶殘敵人，以他們的鮮血來捍衛每一寸的土地。

郤宛身披楚國大將慣用的絳紅革冑，兩邊腰間各佩一把銅劍，這就是名震天下的「銅龍」和「銅鳳」。他以之縱橫天下，在此等生死存亡之際，仍緊緊伴在他身側。

這楚國的第一勇將，挺立在內城城牆上，一改往日臨敵從容的態度，臉色凝重。

城外廣闊的平原上，敵人旌旗似海，一重一重的兵馬，殺氣連天，靜待著最後一戰的來臨。

郤宛仰天誓言：「囊瓦！囊瓦！我郤宛死必化作厲鬼，索爾之魂！」

他手下八千家將，只剩下五千多人。城外十個望樓，於三個時辰前已經逐一失守，目下退守城內。全軍覆沒的厄運，迫在眉睫。

郤宛眼光迅速掠過左右十多名親將，雙目血芒閃動，大喝道：「好！我郤氏之族，自先祖郤芒創業至今，歷經十二代，只有戰死之士，從沒有投降之輩。」

眾將轟然應諾，決意死戰。

「轟隆！轟隆！」

一連串震天動地的巨響，城南依城而築的高樓，在漫天沙塵碎石中，像一個重傷的戰士般徐徐倒下，城南再不能保存。

枕兵城外，兵力達四萬的敵人一齊喝采，使人震耳欲聾，掩沒了龐大高樓倒下的聲音。在嘈吵聲的極限裡，一時反而聽不到任何聲息，周圍似乎正在上演無聲的默劇。漸漸地，於混亂至極點的嘈吵聲中，產生一種有規律和節奏的異音，一下接一下，直敲進郤宛和他每一個親將的心裡去。

敵人敲響了戰鼓。

城外敵人大軍的前排部隊開始潮水般移動，向著曾是無敵象徵的郤氏家城推進。

一名身穿將軍戰冑的大漢，後面跟著十多名親兵，迅速來到郤宛面前，躬身施禮道：「大哥！郤正不力，城南失守，敵人將在半個時辰內攻打內城。」

郤宛憐惜地看著這個從小至大都忠心跟隨自己的小弟，他和身後十多個親衛無不負傷浴血；枉自己自負不世將才，竟連這骨肉相連的親弟亦不能保護，也說不清楚自己是無奈還是憤慨。

郤正道：「今次敵人一開始便猛攻城西的望樓主力，以致我方實力迅速被削弱，又揀城南最脆弱處強攻，使我等措手不及，若說沒有深悉我方虛實的內奸幫助，實令人難以置信。」

郤宛沉吟不語，其實他早想到內奸的問題，敵人今次突然而來，事前竟無半點先兆，當然是掌握了己方的偵察佈置，故能避過耳目，只是這點便可確定是內奸所為。自己一向厚待手下，肝膽相照，想不到居然仍有出賣整個龐大家族的人！

郤氏為楚國大族，在春秋戰國交替的年代，血濃於水，親族的觀念遠比國家觀念為強。

郤宛回首遠眺城外，正南處一枝帥旗高舉，上書一個「費」字，偏西處另一枝繡上「鄢」字的大旗，亦正隨風飄揚。這兩枝大旗高出其他戰旗半丈有多，在三丈外的高空張牙舞爪，耀武揚威。

不論敵友都曉得，這兩個字代表了楚國兩位著名的猛將，是權傾楚地的令尹囊瓦倚之為左右臂助的勇士。

「費」代表費無極，「鄢」就是鄢將師，這二人與郤宛和另一大族之首襄老並列楚國四大劍手，均是楚國的名將。

郤宛心內暗自測度，這兩人的大旗此時仍停在原地不動，但當它們推進時，將是一決雌雄的時刻了。

戰鼓的震響愈來愈密，叩動著整個戰場上每一個人的心弦，不啻是催命的魔咒。

郤宛沉聲道：「郤正！」

郤正全身一震，似乎意識到他大哥將要發出的命令，眼中射出堅決的光芒道：「左尹，小將今日決定城在人存，城破人亡，其他一切，均不用說。」

跟著霍然轉身，拔出長劍，向城缺處而去；他的十多個手下紛紛抽出長劍，緊隨去了。

郤宛心內一聲長歎，也不挽留。畢竟兄弟心意相通，郤正已先知自己心意，稱他為「左尹」而不叫大哥，正顯示他不要自己因他是摯愛兄弟，故而命他逃走。想不到這一生對自己唯命是從的兄弟，唯一抗命的一次是在這等時刻。

郤宛忽地沉吟，似乎要下一個重大決定，好一會兒後才斷然道：「凌石！」

身後眾親將中，一名大漢大步踏出。

這凌石面容古拙，木無表情，給人一種堅毅倔強的感覺。

郤宛手腕一震，不見如何動作，掛在左腰的「銅鳳」寶劍給他掣在左手中，金劍高指長空，劍身閃閃生光，穩定如巖石，若如可以永遠保持這個姿態，直到宇宙的盡頭。

郤宛望著這個與自己出生入死的手下，雖然在這兵敗城破的時刻，仍然不顯露絲毫內心的感情，大感滿意道：「你即拿我手中銅鳳到內院傳我郤宛之命，凡我郤氏之人，包括夫人、小姐，立即殉身，以免城破受辱。」語調堅決有力，沒有分毫轉圜餘地。

凌石一言不發，接劍便去。

望著凌石的背影消失在落城的梯階下，眾將神色不變。勝敗本就是現實殘酷，那時戰敗的俘虜大多被充爲奴僕，那就生不如死。他們昔日在郤宛帶領下戰無不克，今日末路窮途，寧可戰死，也不能忍辱偷生。

只有一個站立一旁、身材健碩的男子，卻是臉色大變道：「爹！」一對虎目滿是淚水。

郤宛一聲斷喝，阻止他出言道：「桓度，我以郤家之主向你發出指令，這是你最後一次流淚，此後你只可流血，不可流淚。郤氏男兒，絕無軟弱流涕之輩。」

跟著又喟然一歎道：「覆巢之下，焉有完卵？」

郤桓度垂首道：「孩兒不孝，終日沉迷劍術，不習兵法，以致今日不能分擔破敵之責。」神情懊悔不已。

郤宛仰天一陣長笑，悲憤萬狀，背後眾將何曾見過他這種神態，不禁激起拚死之情。他們對郤宛的心情都非常了解，郤氏與囊瓦，同屬楚臣，目下變生肘腋，同室操戈，囊瓦這等惡毒，豈能不令人憤恨。

郤宛笑聲忽止，道：「桓度不必自責，昔日你三位兄長均爲深悉兵法的良將，但善泳者溺，一一戰死沙場。凡事有利必有弊，所以你不習兵法，我從不勉強，一方面既因爲爾母先後失去三子，故留你在她身邊；另一方面亦想你能繼承家傳劍法，發揚光大。今次希望你能借助擊劍之術，令你得脫此劫。」

四周眾將一齊恍然，他們一向不大看得起這位小主公，因爲從未見他披甲上戰場，終日留在內院婦女群中；加上不知他劍術造詣如何，這時才明白箇中原因。

郤宛又道：「中行，你立即助公子挑選二百死士，護送他逃往國外，東堡左側有一秘道，公子盡悉開啓之法，由他帶路便可。」說完哈哈一笑道：「囊瓦，任你其奸似鬼，也不知我郤氏還有此最後一著。」

大將中行道：「主公，不如由你和少主一同離去，我們在此牽制敵人。」

「噗！噗！」

一連串的聲響，眾將跪滿一地，紛紛勸駕。

郤宛連鞘解下「銅龍」，遞給郤桓度，心內暗歎一聲，若是二十年前，他一定毫不遲疑逃離此地，那時年紀還輕，有的是本錢，哪怕不能東山再起；但今日年華老去，況且一生縱橫，所向無敵，要他做那落荒之犬，不如光榮戰死！無論希望怎樣渺茫，唯有把復仇之想，託與親兒。

郤宛向郤桓度道：「他日你必須以銅龍寶劍，飽飲囊瓦的鮮血。」頓了頓續道：「我雖為楚國四大劍手之首，但對囊瓦此獠仍無絲毫制勝把握。爾須好自為之。」

極目城外，費、鄢兩人的軍旗開始緩緩移動，敵人的戰車漫山遍野迫來。

郤宛向跪在身前的眾將道：「爾等不須如此，我心意已決，雖然毫無勝望，但誓教敵人付出慘痛代價！」

郤宛轉身向外，高聲大喝道：「費無極，你有否與本人單打獨鬥的膽量？」聲音遠遠傳去，震盪於整個戰場之上。

他為楚國有數高手，這一運氣揚聲，遠近皆聞，很多原已受傷倒下的郤氏子弟，一聽主公之聲，人心大振，傷病皆起，戰場上登時激戰加劇，一片慘烈。

費無極的語聲遠遠傳來道：「敗軍之將，何足言勇。郤宛你休想作困獸之鬥。你若自縛雙手，跪地投降，留你全屍。」

聲音渾厚，餘音不歇，顯示出精湛的功力。

這人武功僅次於號稱楚域第一高手的囊瓦和被譽為楚國四大劍手的郤宛及襄老之下，乃非常高明的劍手。

郤宛不怒反笑，掩不住英雄末路的悲涼！

敵軍戰鼓沉而有力地低鳴，一下一下直敲在郤宛心頭，費無極和鄢將師兩人的大軍緩緩移動，決定勝負的時刻，在敵我雙方的「久等」下，終於降臨。

郤宛從手下取過一支重型銅矛，大步落城，心中升起一個奇怪的念頭：自己從擁有一切，包括權力、富貴、美女，到現在將快一無所有，只感全無牽掛，有一種痛苦的快感。想起人赤裸裸而來，赤裸裸而去，追求的只是短暫的目標，除了成功頂峰的剎那興奮，其他都是在苦苦經營中度過，而他目前至少還有一個明確的目標，就是要放手殺敵，直至被殺。心中不由奮起萬丈豪情，一聲大喝，已有兩個敵人被長矛挑飛。

郤家武學心法最重忘情，儘管在千軍萬馬中，心境也如洪爐上的一點冰雪，冷然視物。

這時郤宛一旦拋開成敗，心靈即晉至無波無浪的境界，長矛如毒蛇般吞吐，直殺進蜂擁而來的敵人群中。手下見他威武如神，士氣大振，隨著他衝越城牆的缺口，反殺出城外，一時殺聲震天，展開人仰馬翻的大混戰。

郤宛如猛虎出柙，在敵人的戟戈劍海內來回衝殺，這時他身邊的將士已從最初的二千多人，減至五百餘人。忽然前面一陣騷動，一隊渾身浴血的郤氏子弟，護著一名大將向他們方向退來，郤宛心中一動，連忙指示下屬分兩翼殺去，把這隊人馬收歸入己陣內。

郤宛眼利，一看那大將正是自己親弟郤正，他胸前一灘鮮血，臉色煞白，已無生機。郤宛搶前，郤正見是大哥，眼角流下淚水，嘴唇顫動，郤宛連忙俯身把耳貼近他唇邊，聽到郤正微不可聞的聲音道：「囊瓦！小心。」語聲中斷，原來已經死去。

郤宛悲慟欲絕，厲嘯一聲，重新殺入敵陣，長矛揮挑刺劈間，敵人紛紛倒斃，鮮血直噴飛上半空。

在浴血苦戰中，忽地所有敵人潮水般退開，露出一大片空地，剩下郤宛一人卓立其中，他的所有手下都給隔開了，遠處雖仍傳來零星的戰鬥，但敵人顯已控制了大局。

費無極高大的身形排眾而出，挺立在郤宛身前兩丈處，手中提著長劍，輕視地道：「你不是要和我單打獨鬥嗎？」

郤宛心下狂喜，他現在雖然體力透支嚴重，但如能和這大敵單獨決戰，以他郤宛驚人的韌力和意志，搏個同歸於盡便非常理想。

郤宛長矛斜指向費無極，也不打話，大步迫去。

費無極見郤宛龍行虎步，劇戰之後依然不露分毫疲態和破綻，兼且知道他一上來必定採取攻勢，如何肯讓他蓄滿氣勢。手中長劍化出一個個光環，倏地擴大，向走來的郤宛迫去。

郤宛手腕一振，長矛化出萬道寒芒，同時刺中費無極長劍化出的光環，登時產生一連串兵器相撞的交鳴聲。

環影化去，長矛驀地破空而至，閃電般飆向費無極的咽喉。這一矛勝在其速度。費無極也眞了得，不退反進，長劍側劈在矛身上，感覺長矛虛而無力，應劍向左方飛去。

費無極大叫不妙，眼角人影一閃，郤宛棄矛而上，一手抓著費無極的長劍，費無極運腕圈劍，削去了郤宛四隻手指，但長劍已緩了些許，欺身而上的郤宛一肘擊在他脅下，登時撞斷他幾條肋骨。

跟著郤宛的手斜飆而上，插向他的雙目，費無極大叫我命休矣。不知爲何郤宛忽地滯了一滯，費無極連忙退後，左眼一陣劇痛，雖然保得了右眼，左眼還是給插中了。

郤宛忍著四指齊斷的痛楚，正要把費無極雙目插盲，一股雄渾的大力從後方攻來，令他慢了一線，只廢了費無極的左目。

那股大力同時擊在他後背，他一口鮮血狂噴，反手向後攻去，背後的人使了一下巧妙的手法，化去他數拳，跟著雙手閃電般拍在他背上；郤宛聽到自己骨頭碎裂的聲音不斷傳出，鮮血亦不斷從眼耳口鼻飆出來，當那人雙手離開時，他已不成人形。

郤宛模糊中看到眼前出現的一個高大陰沉、身穿紅袍的人，腦中轟然一震，登時明白到郤正臨死要他小心囊瓦的意思。眼前的人正是囊瓦，自己和最親愛的小弟都是喪命在這奸人手裡。他竟然親來督師，這個仇，只有留待桓度去報了。

郤宛「蓬」的一聲倒下，一代名將，含恨而歿！

囊瓦仰天大笑，看著兩手的鮮血，狀極歡欣。

秘道的出口在郤氏家山城後一個密樹滿佈的斜坡下，形勢巧妙，匠心獨運，極易爲人忽略。是郤氏先祖被分封此地之初，特聘此中高手匠人建造，以之逃生保命，估不到歷經十數代的風平浪靜，到了郤桓度才派上用場。

秘道的機關本應腐朽不能用，幸而郤宛一向居安思危，常密派親信清理維修，所以大致上仍然完好。

這條秘道是郤氏的絕大秘密，除了一小部分最親近的兄弟子姪外，其他人全不知曉。負責挑選二百死士，護送郤桓度逃走的大將中行，也是第一次知道這一條秘道的存在。

郤桓度、中行和二百壯丁，全無聲息地穿過樹林，沿著後山溪澗涉水逃進毗連山城的大別山脈。

每一個人都知道這是生死關頭，每一個動作均加倍小心，不敢弄出絲毫聲響，以致拖累全軍。

他們身後的郤氏城堡陷進熊熊大火裡，黑煙沖上半天，夾著千萬人的廝殺和慘號，顯已失守。

郤桓度強忍內心的悲痛。他今年二十五歲，十多年來一直捨兵法而精研劍術，自負不凡。但這樣千軍萬馬，對壘沙場，他卻充其量只可擔當一員勇將，何能督師取勝，心底一時悔恨交集。可是想起以乃父的將才兵法，在這等形勢下亦只能束手長歎，自己遠不及他，報仇的前景一片灰暗。而目下他郤桓度卻是唯一可報這滅家毀族之恨的人。郤宛的音容，不由升現在他腦海裡。

只可流血，不可流淚。

他立誓永記心頭。

第二章　初試身手

這支從破城逃出的敗兵，負著氏族被人連根拔起的血恨，朝連綿萬里的大別山逃去。只要穿越過這廣闊的山區，將可切進楚國著名的雲夢澤，那處盡屬低窪沼澤，又多叢林湖泊，對於躲避敵人大規模搜捕非常有利。

走在他身旁的是卓本長，這人原是郤桓度的少年玩伴，精明厲害，長於計謀，是郤宛親自指定這次護送郤桓度的主力。兩人長大後，因卓本長跟隨郤宛征戰南北，故很少見面，反而在這非常時期，又再走在一起，兩人都有種異樣的感覺。

二百多人急奔兩個時辰後，深入了佈滿荊棘的山區二十多里，均力盡筋疲。

卓本長雖是武功高強，但力戰在前，這時也頗爲吃不消，反觀身旁這位小公子，仍是氣脈悠長，似乎毫無倦意，不由對這從未捱過沙場征戰之苦的貴家子弟另眼相看。

眾人來到一個較爲平坦的小山上，一直在前開路的中行轉回後隊，來到兩人面前道：「公子，這番急行，已離敵人二十里有多，且快將日落西山，隨從先前血戰整日，加上這陣奔波，實在再難支持下去了。」說罷以詢問的眼光望向郤桓度，又望向卓本長。

卓本長有一種很奇怪的感覺，似乎中行在很細心地觀察郤桓度，並帶著一點奇怪的敵意和肆無忌憚。他不知是否自己的偏見，因爲一直以來，他對這個屬於長輩的中行都不大喜歡，總覺得他沉默寡言，城府過深。

郤桓度心內悲痛，毫不在意。剛想徵詢卓本長的意見，忽地省起自己已成爲了他們當然的領袖，自然要發表點意見，但腦內一片空白，不知應該點頭還是搖頭。

中行眼中閃過一絲譏嘲，又回復尊敬神態。

卓本長心中一懍，但此時不容多想，解圍道：「公子，除非敵人知曉我們的逃走路線，又能於城破時立即知悉有人逃遁，否則絕難追及我們。」

說完忽地陷入沉默，若有所思。

中行不待郤桓度發出命令，即時傳下令去，命各人就地休息。

卓本長不知如何心下暗感不安。

郤桓度對於這類行軍發令一無所知，中行叫大家休息，想想也是道理，於是坐下歇息。

卓本長和中行兩人自去佈置。

這二百家將都是征戰經驗豐富的軍人，一接命令，未待吩咐，紛紛佔取有利方位，依度形勢展開偵察、巡邏等等措施，隱隱把郤桓度圍在正中。郤宛一向甚得軍心，此時他們知遇上覆滅之劫，心中均存下以死來保護這郤家僅餘血脈的意念。

郤桓度看在眼內，心下羞慚，自己枉爲他們的統率者，其實比之他們任何一人，在軍事上的常識，他都是大大不如。

另一方面，眼前這軍旅生活，卻使他這一生居於內院，平日只須應付母姊美婢的公子哥兒，有種新鮮的感覺，那是種豪雄粗獷的吸引力。

想想也是諷刺，郤氏一系名將輩出，獨有他一人從未隨軍征戰。

郤桓度不由輕撫佩在腰際的銅龍，心下稍感安定，似乎父親郤宛的信心，從它隱隱流進他手內，鑽入他心中。

郤桓度緩緩抽出長劍。劍長四尺，比當時製的三尺劍刃長出一尺，在斜陽下閃閃生輝。劍身鑄有一條張牙舞爪的蒼龍，沿著劍身盤繞舒蜷，若隱若現，巧奪天工。

長劍入手沉重，郤家著名的劍法，可以把這名劍的特質發揮到極致。這銅劍是當時這類劍器的極品，據說南方的越國和楚國的大敵吳國，已開始鑄造鐵劍，比之銅劍又勝出一籌。

郤桓度輕撫劍身上鑄造的銅龍，觸手溫潤，他在軍事上不行，對劍法卻是天資卓越；雖未必及得上郤宛，亦是出色當行。

手持這等寶刃，一時豪情大發，一沉腕，銅龍在空中迅速顯出萬道光芒，有節奏地劃出幾條弧線，顯出一幅美麗的劍光圖案。

一人走到他的身邊沉聲道：「公子！」

郤桓度霍地側望，看到卓本長嚴肅的面容，登時記起少年時他每逢要責怪自己，都是這副表情，心下知道不妙，又不知何處出錯。

卓本長道：「公子在太陽餘暉下舞劍，劍身反射落日的光芒，可見於十里之外，我們現下正在逃命求生，這樣做等若自殺。」

郤桓度慚愧之至，心想自己眞是成事不足，敗事有餘。急忙收起銅龍，環首掃視，附近的家將都把目光集中在他身上，像是憐惜他的無知。

卓本長覺得自己說話重了，但另一方面也體會到自己對這自幼一同長大的小主公，其實是不大尊重的。

卓本長話題一轉道：「公子，中行有點違反常態，我們應小心一點。」

郤桓度素不喜聽別人搬弄是非，因郤家內院大多是婦孺，「是非」乃她們日常生活的大部分，郤桓度一向厭聽；所以卓本長這幾句話他絕對聽不入耳，含糊應了一聲，閉目養神起來。

卓本長頗感沒趣，他對中行的懷疑，完全是基於此人在態度和性格上的微妙轉變，那便像當一個人在長期壓抑自己原來的性格後，因環境的改變，突然鬆弛下來，故不自覺地透露出眞正的本性。這種變化難以言傳，實在沒有任何眞憑實據。

自敵方攻城之始，內奸這問題一直困擾著每一個人，卓本長亦不例外，所以中行在神態上的些微改變，立即引起他的警覺，但見到郤桓度的消極反應，只好作罷。他爲人堅毅，決意提高警覺，以應付當前危難。

待卓本長走遠後，郤桓度緩緩張開雙目，遠方紅日西沉，一片艷紅，令他記起濺在城牆上郤氏子弟的鮮血。

歸根究柢，罪魁禍首是楚昭王這大昏君，他寵信囊瓦，任其弄權禍國，排斥異己。父親郤宛身居左尹高位，國之重臣，曾大敗楚在東南方的大敵吳國，並觸發政變，使吳王僚喪命於專諸的魚腸劍下，爲楚國立下不世功業。豈知竟招來囊瓦之忌，今次密遣手下大將費無極和鄢將師兩人，率十倍於己方的兵力潛來偷襲，在猝不及防之下，使自己目下落得家破人亡的局面，實在令人切齒痛恨！

郤桓度霍地站起身來，對著只露出一角的紅日，向天誓言道：「郤桓度回楚之日，就是楚亡之時。」握著銅龍的右手，指尖因過於用力而發白。

太陽躲進西山，大地漸漸昏沉。

黑暗終於來臨。

漆黑的山林裡，郤桓度驀地驚醒過來，一額都是冷汗，原來剛才他正好夢到和自己曾經風流相好的族中美女，一一倒在血泊中，他感到絕大痛苦，怨恨自己不能帶她們脫離危難；跟著又夢見自己和這二百家將陷入重重圍困中，伸手拔劍，銅龍卻是不翼而飛，不由大驚而醒。

就在這時，一人從漆黑裡無聲無息地冒出來，走到近前。

郤桓度一看來者的身形體態，知是卓本長，把已提起的心放下。

卓本長貼近至郤桓度身前，低聲道：「少主！敵人把我們重重圍起來了。」

郤桓度全身一震，噩夢竟成了現實。

卓本長的語聲繼續傳入他耳內，事實上卓本長已把聲音壓低至細若蚊蚋，但對郤桓度來說，卻像驚雷巨響，震得他耳膜發麻，只聽卓本長道：「敵人現下偃旗息鼓，全無動靜，但我從宿鳥驚飛、山獸竄動的形跡看來，敵人應當是突如其來，一齊在四周出現。」

頓了一頓，語音忽然加快道：「這表示敵人早掌握了我們的行蹤，所以才能一上來立即佈下合圍之勢，使我們插翼難逃。看來我們之中定有內鬼，一路留下暗號，指示我方逃走的路線。」

郤桓度頓感茫然，自己對軍旅之事的確一竅不通，不知應如何應變。

卓本長續道：「刻下敵方按兵不動，自然是希望我等懵然不知，靜待天明，那時逃走困難，可輕易將我們一網打盡。」

他停了一停，知道絕難從這公子哥兒得出任何指示，索性道：「目下唯一方法，是不讓敵人的詭計得逞，趁著黑夜，乘亂衝出，少主以爲如何？」

當時尊卑的分界極嚴，所以卓本長才加上最後一句，其實在他心中只是虛應形式。

郤桓度覺得自己有如在怒海中漂盪的一葉扁舟，需要一個穩妥的涯岸以供停泊，急忙問：「中行在甚麼地方？」

卓本長稍一遲疑，答道：「敵蹤初現，我便四處尋他，卻毫無蹤影，我看內奸八成是他。」

郤桓度腦海轟然一震，羞恨交集，自己若能早一步聽信卓本長之言，何至陷入現下困境。

卓本長知他心裡難過，不再在這方面做文章。

此際星月無光，山野間一片烏黑，一叢叢的樹木，化作大小不同的黑影，活像張牙舞爪的猛獸，隨時要把人吞噬。

郤桓度雖然在各方面都經驗淺薄，卻在劍術練氣上下過十多年苦功，內功精湛，雖在旁人伸手不見五指的黑暗裡，他目力尚可遠及十丈開外。

他看到己方的人馬，都在高度警戒下，紛紛扼守戰略位置，不禁佩服卓本長的調度；自己反是最後一個知曉敵人靠近的人。心下稍安，腦筋開始運作起來。

郤桓度問道：「本長，假設趁黑逃遁，以你估計，成功的機會有多大？」

黑夜裡卓本長眉頭一皺道：「敵人若要在這等黑夜荒山攔截我們，必須要有十倍於我的兵力，幸而敵人一到便被我發現，否則容得敵方佈下障礙陷阱，逃走的機會要等於無了。」

接著苦笑一下道：「如果他們打開始便從內奸處得知我方逃走的路線和兵力，無須分散搜索，那他們的實力，可能遠超過十倍我們的數目呢。」

臉上不由露出了無能爲力的表情。

郤桓度雖在黑夜裡，可是他目力遠勝常人，對於卓本長臉上每一個表情都清楚看見。他估計卓本長功力不及自己，所以不能如他般有夜視的能力，誤以爲郤桓度像他一樣看不到對方神情變化，因而絲毫不在臉上掩飾內心的感受。

換句話說，卓本長雖提出趁黑夜和在敵人佈下陷阱前逃走，但他卻是沒有半分把握的。

郤桓度心內震駭，但另一方面又激起他求生的欲望，他活了二十五年，這一刻才眞眞正正爲自己的將來掙扎和奮鬥。

他內心飛快地分析目前的形勢，這批郤氏家將，畢生在郤宛帶領之下戰無不勝，都視郤宛如父如神，這次城破人亡，在他們心靈上造成難以彌補的打擊，各人壯志消沉，失去爭雄之心；加上一向以來，自己這位四公子，終日耽在婦人美婢之間，於群芳中風流快活，他們怎知自己亦有刻苦練劍的時刻，自然是對自己毫無信心，假設不能扭轉這種心態，今夜他們休想有一人能活命，當然除了做內奸的人是例外。

卓本長忽然沉聲道：「少主，假設我倆現下趁敵人陣腳未穩，私下潛逃，成功的機會，可達五五之數。」

郤桓度心中一懍，知道他意思是若棄下此地的二百子弟兵，兩人逃走目標的明顯性自然大減，也出乎敵人意料之外，果然是可行之法。但這二百人必然陷於被出賣的絕地。

郤桓度經過一番內心掙扎，斷然搖頭道：「本長，我這樣做，父親在天之靈也不會將我放過，這事休得再提。」

卓本長眼中掠過讚賞之色，反而立下決死維護之心道：「敵人若於我們稍有動靜時，立即放火燒林，我們的凶險將會倍增。」

他見郤桓度沉吟不語，又道：「當然，鹿死誰手，還是要拚過方知，郤氏豈是易與之輩。」語氣中透出一種死戰的決心。

郤桓度卻大感不妙，卓本長決意死戰，擺明了他沒有把握衝出重圍。況且敵人佔有如此優勢，己方怎能力敵？

到這時他對卓本長的倚賴才真正死了心，以後，必須看他郤桓度了。

假設中行眞是敵方的人，必然深悉己方的虛實和戰術，形同先機盡失，著著受制，這樣的仗，如何能打？

但有利亦有弊，敵人若知道己方形勢，必然對自己存有輕視之心，每一項設計都將針對卓本長而設，假如由自己這個對軍事一無所知的新丁指揮進退，可能反收奇兵之效。當然，問題是他有甚麼可以起死回生的計劃。

郤桓度不禁問道：「假設你要定計逃走，該當如何？」

卓本長略一沉吟，道：「每一種戰術，都是要完成某一個軍事目標，或是要達到目標的某一階段。今次顯而易見我們是要護送公子逃出重圍，爲此我將利用敵人防守線長這個弱點，以幾隊集中力量的死士，向不同方向流竄，藉以擾亂敵人耳目。幸好早在初抵此地時，我曾觀察過附近的地勢環境，若能依據定下的逃走路線，在混亂中分頭衝出，或有成功的希望。」

說完眉目間有種無可奈何的神情。

郤桓度知道卓本長同樣想到，中行必也做過對環境的觀察，所以似乎是最安全的戰術，反而最爲凶險。況且這處是中行提議露宿的地方，必然有他的陰謀，所以卓本長審度過敵我形勢，才會一籌莫展。

郤桓度記起昔日在城外鄉間觀看農人鬥犬聚賭，當時眾人都把賭注放在一隻高大凶猛的黃犬上，而不看好另一隻瘦弱矮小的小犬，就是他郃桓度也和其他人一般想法。拚鬥開始，大犬凌空下撲，要以老鷹攫兔之法，搏殺對手。豈知小犬避重就輕，貼地從下躥上，一下噬中大犬最柔弱的咽喉，贏得此仗。

這件事在他的記憶裡極為鮮明。他的劍術，便是依從這法則來設計，避重就輕，以弱勝強。就在這一刻，他醒悟到唯一可以依恃的，就是他在劍術上的修養和策略，正如他父親郃宛所說，希望他能以擊劍之術，助他逃過大難。所以他必須把劍術運用在兵法之上。

想到這裡，眼前似乎多了條可行的道路，雖然他還未能有任何具體的計劃，但比之先前的有若盲人騎瞎馬，已是截然不同。

山林秋蟲唧唧，敵我雙方都不作一聲，此刻離卯時天明還有兩個時辰，逃走是急不容緩的了。

郃桓度沉聲道：「本長，你即刻調集所有人手，集中此地，其他險要防禦據點全部放棄，行動務要隱密快速。」

他終於首次向家將發出一生以來第一道命令，心下有種出奇的權力感和快意。登時了解到郃宛那率領群雄、威風八面的心情。

卓本長大感錯愕，想不到這對軍事一無所知的人作得出主張。可是郃桓度語調沉穩有力，帶有強烈的自信，甚至威嚴，況且他自問即使照自己的方法而行，亦是死路一條，所以心中雖還在猶豫掙扎，雙腳卻不由自主地隨指示行動。

卓本長不愧是經驗豐富的將才，很快二百人已在不動聲色下，集中在一處有高石環護的空地裡，眾人都匍匐在地，不聞半點聲息。

郤桓度肅立在一棵大樹之旁，不知是否敏感，卓本長覺得郤桓度雖然面容嚴峻，卻掩不住眉額間的一點得意之色，心下奇怪。

郤桓度發出第二道命令，要各人準備易燃物品縛在箭頭，隨時預備發射。眾人都摸不著頭腦，惟有照指令行事。

夜色深沉，黑暗似乎永不會過去。

郤桓度略一定神，忽地揚聲大喝道：「費無極，可有膽量和郤某對話？」

聲量宏大，一時宿鳥驚飛，山野間各類鳴聲大作，敵我雙方的人頓呈不安，一時響起衣服和樹葉草石摩擦的聲音，擾攘一番，甚至兵器掉在地上的聲音也間有傳來。

郤桓度突如其來的大喝，在寂靜的對峙裡，收到先聲奪人的效果。

他的聲音在空曠的山野中激起重重回音，再慢慢消去。

他身後的卓本長和一眾家將全部愕然以對，刻下他們正是敗軍之將，落荒之犬，務求在神不知鬼不覺下靜靜竄去。豈知這位四公子不分輕重，如此大呼大嚷，豈能不把他們已惶恐萬分的膽驚破了。

然而郤桓度的聲調隱含一股震懾人心的力量，又令他們生出倚賴之心，這感覺甚爲矛盾，使人難以適從。

過了一陣子，一個聲音才在東面二十丈外響起道：「郤氏之人若能獻上郤桓度人頭，本人費帥座下先鋒將白望庭，可保他一生衣食無憂，並奉上黃金千兩。」

這人一出言便分化離間，言行卑鄙。

郤桓度不怒反喜。他這一舉動旨在試探虛實，這白望庭一出言，他便得到很多資料，正如一個高明的劍手在未動手前，憑觀察已能測知對方虛實一樣。

首先，這白望庭在自己出言後，良久才有回應，顯然因爲自己這一行動出人意表，致方寸大亂；由是推之，他當非長於應變的人才，若能針對這點出奇制勝，當然勝望大增。

其次，由於對自己的輕視，費、鄢兩人並沒有親來督師，自己比之這兩個可怕的劍手或有不如，但餘子則全不爲他所懼。

其實郤桓度武功的深淺，除了郤宛等最親近的幾個人，外間無人知曉，眼前這可成了他的秘密武器。所以儘管以中行對郤家的熟悉，也在對郤桓度的估計上犯下錯誤。

郤桓度心下大定，信心倍增。到此他完全領悟到劍法和兵法，兩者實在二而為一，遂仰天長笑道：「白望庭你不過別人手下的奴才，何能作主，看我取你狗命。」

跟著向後一揮手，「蓬」、「蓬」聲中，二百家將一齊點燃手上火箭，火光立時照亮整個山頭，只見敵方人影幢幢，把己方圍在正中。

郤桓度目光迅快掠過敵人，他眼光利如鷹隼，可惜卻找不到目標。原來他想找到叛徒中行，給他來一個利箭穿心，他對這人切齒痛恨，立下不惜任何代價也要手刃此獠的決心。

再一聲令下，二百枝火箭齊齊射上半空，像朵朵火花般向四周竄散，落在滿佈敵人的四面八方。跟著另二百枝火箭又再燃起，照樣施為。秋林爽燥，轉眼間四周陷入大小不等的火陣內。

敵方在火光中人影閃動，一片混亂。直到這一刻，主動仍是操在郤桓度手中，正合了劍法上最好的防守就是進攻這個法則。

郤桓度豈有讓敵人喘息之理，突然仰天長嘯，他內功深湛，這一運氣眞是令全場震動，兩方之人無不把目光集中到他身上。

他把銅龍高舉半空，這柄郤宛的無敵寶劍，令敵人喪膽，己方卻信心大增。

郤桓度高呼道：「凡擋我者，有如此樹。」

在半空中的銅龍迴閃而下，寒芒一動，他身旁比人身粗的柏樹齊腰而斷，隆隆聲中，從半空中直倒下來，仿似世界末日的來臨。

在漫山遍野的火光照耀下，敵我雙方都目睹這一劍之威，眾人何曾見過這等劍術和神力，儘管以利斧劈砍，也要費一個力士好一陣工夫才能達到這樣的成果，何況是一把銅劍。

所以一是郤桓度武功蓋世，遠勝乃父；二是銅龍是絕世寶刃，威力大至如斯。無論是哪一個可能，霎時間郤氏二百家將士氣大振，重新燃起對郤族之希望，反之敵人則心膽俱寒，其志被奪。

只有自小熟悉郤桓度的卓本長心裡有數，他是何等樣人，連忙配合郤桓度製造出來的氣勢，一聲大喝，隨即向陷入火海的敵陣殺去，如猛虎出柙。

第三章　亡命天涯

郤桓度一劍當先，銅龍化作一片金光寒芒護在身前，以勢如破竹之威殺進敵陣。想起郤家所流的血，登時殺氣騰騰，把僅餘的一點畏怯拋之於九霄雲外。

他郤家獨門劍法最重「守心」，這是把一切精神，維持在一個一塵不染、毫無雜質的境界。也可以說是忘情，絲毫不起恐懼之心，所有喜怒哀樂，甚至父子親情、夫妻之愛，也棄於心外。

郤家「武書」認爲人心譬如一潭湖水，若有絲毫情動，湖水便混濁和動盪起來，不能映物；只有丟盡凡情，湖水才能歸原爲一池清水，照見眾生形相，劍法才可不滯於情，發揮盡致。

郤桓度自九歲開始練劍，他平日雖愛和族中美女廝混，練劍時卻極端專注，守心的功夫尤勝乃父，欠缺的只是實戰經驗和飽飲敵人鮮血後生出的殺氣。

就在這衝進敵陣的刹那，他自然而然地步入這守心的境界，呼吸變得細慢悠長，全身毛孔放鬆，所有感官全部發揮作用。不單只眼耳口鼻，連全身的皮膚也處在高度的警覺狀態，身旁四周敵人的每一下動作，一舉劍、一揚戈、一揮盾，敵人的欲前欲退，即使在眼光不及之處，他卻是了然於胸，可迅速決定策略。

郤桓度身內郤家戰士的血液奔騰流動，血管收窄，使鮮血迅速運轉，供給了最大的能量。十多年的苦修，倏地具體表現出來，他的劍如毒龍出海，在萬道金芒的掩映下，像水銀瀉地般，硬撞進敵方的盾牌和劍陣裡。

敵方兵將早先被他一劍斷樹的雄姿嚇破了膽，現下再見到他這般威勢，紛紛退避。郤桓度霍地殺入敵陣，銅龍到處，敵人即灑血倒下，竟遇不上三合之將。

緊跟身後的二百家將，目睹少主武藝驚人，所向披靡，一時人心大振，積蓄著的那股逃命的窩囊氣、家破人亡的怨憤，像火山爆發般噴湧出來，上下一心，死命殺敵，霎時天慘地愁，血雨劍光，瞬眼間整隊人已深入敵陣。

火勢愈來愈猛烈，加上山風呼呼，不時引起新的火頭，就在一片火海裡，展開慘烈的突圍血戰。

白望庭在高處俯瞰戰局，山林處處火頭，冒起熊熊烈火，一方面照亮了整個戰場，另一方面又產生大量濃煙，加以雜樹叢生，使人視野不清，場面混亂，合圍之勢變成混戰局面，難以發揮以眾凌寡的戰術。

這時白望庭才深感後悔，不應低估這個養尊處優的郤家公子，心想若不能早殺此人，異日終成大患。

郤桓度剛劈飛了敵人的頭顱，忽感有異，他的「身體」告訴他，背後正有幾枝利器，從極刁鑽的角度向他急速刺來；幾乎在同一時間，他看到前方和左右兩側出現了十多名持戈戰士，同以極快的速度向自己推進，才醒悟自己已身陷重圍，遇上最棘手的局面。

他的銅龍驀地反手迴旋，立響起一連串叮噹之聲，身後刺來的長戈紛紛被銅龍格飛。

他心中反而大叫不好，因他從與背後敵戈接觸的剎那，試出敵人力量沉雄，且有餘力，兼且每一個敵人的功力都非常平均，顯然精於合擊之術。他方自心下懍然，面前又有三支長戈閃電般刺到。

郤桓度大喝一聲，銅龍迅快出擊，幾乎在同一時間擋開眼前奪魄勾魂的三擊，他絕不停滯，身子同時向前衝去，劍柄在擦身而過時，回手撞在左側大漢的脅下，一陣骨裂聲音中，大漢側跌開去，把另一個從旁攻來的大漢撞得倒飛而去。

郤桓度身子前衝的同時，恰好避過背後刺來的四支長戈。他此刻雖然傷了兩人，心內卻知不妙。他記起父親曾提過費無極除了精擅劍術外，對長戈也頗有心得，所以特別從手下中精選了一批天資過人的勇士，訓練戈術，將傑出的三十六人稱之爲長戈三十六騎。

這三十六人尤擅合圍之術，若果在平原之上，任他們乘馬持戈攻擊，據稱天下還沒有保得住性命的人，所以長戈三十六騎的威名，令人聞之色變。費無極又不斷訓練後備，遇有人陣亡，立即補上，因此這三十六騎，便像永不會短缺的鋼鐵陣容；幸好現在是荒山野嶺，兼且火頭處處，他們還未能盡展所長，否則縱多一個郤桓度，也只有引頸待戮的分兒，但眼前形勢仍是相當危險。

在危急中郤桓度回頭一望，看見卓本長等被分隔在數丈外，浴血苦戰，敵人中赫然有中行在內。「蓬」的一聲，郤桓度胸中燃起熊熊烈火，仇恨直沖上腦際。

就在這刹那，一股尖銳的勁風當空刺來，郤桓度心下一懍，迅速橫移，肩頭一陣劇痛，被長戈三十六騎的其中一戈所傷，他手中銅龍左右劃出，盪開刺來的另兩戈，又就地一滾，穿過一個火堆，這才避過另外兩戈。

他心下警惕，知道自己受仇恨之心所擾，所以心起波瀾，才有此失著，連忙重守劍心。

此時眼前寒芒點點，數柄長戈如影附形，緊跟而來，這三十六騎果眞名不虛傳。

向他衝來的持戈戰士共有十多人，但最先攻到的只有四人，這四人四支長戈生出嗡嗡的震響，分攻他前額、持劍的右手、左腰和右腳，籠罩了他身體的每一個部分，而且刺來的時間拿捏奇準，縱使他當下避過，勢必引起敵人的連鎖反應，至死方休，郤桓度這滾地一避，敵人立即把握利用，把他迫上死地。

郤桓度此時心底出奇地平靜，忽然他發覺敵人刺來的四戈中，露出了一線奇怪的空隙，在電光石火間，他恍然這是因爲他滾過的小火堆，恰好在衝來的四人當中，其中兩人爲了避免踏入火堆，稍微偏側了身子，四人一向習慣了以某一種陣形推進，目下這特別的情形，卻使他們不能百分百吻合平時操練了千百次的陣勢，所以露出一個破綻。當然若非郤桓度精於守心之術，亦難從這殺氣騰騰的場合，觀察到如斯細微的變化。

郤桓度弓身前飆，長劍閃電般劈在兩支長戈上，長戈應劍盪向兩側，撞在另外兩支長戈上，完全化解了敵人的攻勢。銅龍沒有一刻拖延，沿戈而上，兩顆斗大的頭顱，和著鮮血，直飛上半空。

他得勢不饒人，又閃入敵群內，長劍忽地展開細膩的手法，貼身與敵人血戰，持戈敵人頓時魂飛魄散，他們善於攻堅衝殺，近身搏鬥則非其所長，轉眼又有人中劍倒下，鮮血濺滿郤桓度的衣襟。

郤桓度知道目下雖佔上風，但又豈敢久戰，一伸腳踢在一個火叢上，登時揚起漫天火屑，直向敵人罩去，跟著身子急退，憑記憶向卓本長等方向退去。

郤桓度退向卓本長的方向時，卓本長亦正殺往他的方向，這時他身邊剩下一百人不到，其他的都給衝散了。

兩人也不打話，二人一心，連忙向山野裡竄去。

眾人一陣急逃，穿過大別山時，已是第二天的正午時分，他們逃命時一鼓作氣，至此無不筋疲力盡。

郤桓度停下腳步，回頭環視眾人，發覺連卓本長在內，只剩下六十四人，且全部帶傷，甚爲狼狽。

卓本長臉上一道血痕，由左眼角斜劃止於嘴角，形狀恐怖。

卓本長臉色不變道：「這是中行留下的。」

郤桓度頷首道：「我誓必手刃此人。」

卓本長眼中閃過熾熱的仇恨，話題一轉道：「我們雖然逃過大難，但形勢較前更凶險百倍，尤其當囊瓦知道少主你武藝驚人，一定不擇手段要置你於死地。」

郤桓度一陣沉默，知道卓本長所言非虛。今次敵人不來則已，否則一定有搏殺自己的能力，思索間，卓本長的聲音又再響起道：「下一步少主以爲應如何走？」

郤桓度心中一動，泛起一種難言的感受；這是開始逃亡以來，卓本長第一次眞心眞意詢問自己的指令，顯出郤桓度以自己的生命和膽識，贏得了下屬的尊敬和欽佩。

郤桓度微笑道：「若果我們一齊逃走，目標巨大，不出百里，定遭敵人擒殺，唯一方法，就是化整為零，分散潛逃，幸好離城之時，我身上帶有大量黃金玉石，足供各人一生衣食無憂。待會你助我分與各人，要他們用此財貨，在楚地從事各行各業，異日我東山再起，必會召集他們，報這毀族血恨。」

說完望向卓本長道：「我將孤身逃往國外，你則須留在楚國，負責聯絡眾人。」

卓本長見他眼中射出堅定的神色，心中掠過熟悉的印象，忽地恍然，原來郤宛也是經常露出這種使人遵從的眼神，連忙答道：「謹遵主公吩咐。」話才出口，忽省起這是對郤宛的尊稱。

郤桓度似乎毫不察覺卓本長對自己在稱謂和語氣上的改變，仰天長長呼出一口氣道：「這一著將大出敵人意料之外，囊瓦！囊瓦！我們的生死鬥爭，就由這一刻開始了。」

卓本長忽又壓低聲音道：「主公，昨夜那棵樹你是否早做了手腳？」

郤桓度莞爾道：「我知瞞不過你的，那樹被劈斷前，早給我用小刀剜空，不過仍遮上一塊樹皮罷了！」

兩人一齊大笑起來。

在山野間經過了接近七日的路程，郤桓度終於走到通往夏浦的官道。

夏浦位於長江之旁，是當時楚國接近郢都的一個大都會。過去這段日子，觸目都是森林山石，一旦走上這人來車往的官道，郤桓度生出重回人間的感覺。他不知道應逃往哪裡，若以他身爲郤宛之子的身分，眞是無處可去。

這時北方以晉國爲首，與居於南方的楚國爭奪霸主之位，天下諸國，不從晉則從楚。自己既不容於楚，而父親郤宛又因事楚而長期與晉爲敵，故晉也以殺己爲快；新興的吳更視己父爲死敵，所以天下雖大，眞是難有容身之地。

想到這裡，郤桓度意冷心灰，目下不要說滅楚復仇，就算要自保，也不是易事。況且當夜從楚軍重重圍困中逃出，可說是露了一手，必然更招囊瓦之忌。想他麾下高手如雲，一定會在自己逃出楚國之前追殺自己，所以目下的處境仍是非常可慮。

一邊思索，一邊在官道上急步走著。

大路上的交通頗爲繁忙，除了步行的商旅行人、趕集的農夫，還間中馳過載貨的騾車和馬隊。

當時通商的風氣相當盛行。春秋末、戰國初，在中國歷史上是個大轉捩的時代，不獨春秋時代的國家，先後蛻去封建的組織而變成君主集權，並且好些已有蓬勃發展的趨勢，比如工商業發達、城市的擴大、戰爭的劇烈化、新階級的興起、思想的開放，此時都加倍明顯。例如稍後的白圭，便以經營穀米和絲綢爲主，其他如製鹽起家的猗頓、冶鐵的郭縱，都是富埒王侯。於此可見當時經濟的高度發展。楚國爲當時最強大的國家，工商的進展，又凌駕於他國之上。

而又因軍事上的需要，諸國開闢了很多新的道路，連帶促進了都會的繁榮，所以郤桓度步上這直通夏浦的官道，才會見到這種熱鬧的場面。

郤桓度一方面被這繁榮的景象引得精神一振，另一方面卻是心下惴然，以囊瓦的實力和精明，一定不會放過扼守這些交通重點，佈下足夠的人手截殺他這漏網魚兒，前途可說艱險重重，他惟有見步行步了。

每當有車馬經過，他都躲往一旁，避免撞上追兵，眞有寸步難行的感覺，尤其是他在深山曠野多日，滿面于思，衣服破爛，儘管不是郤桓度的身分，怕也會被兵衛截查，惹上麻煩。

郤桓度又走了一陣，離夏浦還有三里，心下正盤算著如何瞞過城門的關卡入城，一陣馬蹄聲在後方響起，郤桓度心中一動，留心一聽，這次馬隊最少有三十騎以上，又有車輪轆轆聲，連忙避入道旁的叢林。

一隊兵馬，護著輛華麗的馬車緩緩馳至，兵衛甲胄鮮明，鞍上和馬車上都刻有一雙張牙舞爪的雄獅。

郤桓度全身一震，認得這正是聲名僅次乃父、並列楚國四大劍手的襄老的獨家徽號。

這人據說劍術出神入化，尤在費無極和鄢將師二人之上，性格凶殘，以殺人爲樂，是囊瓦轄下主管偵察情報的頭兒。尤其可怕的是這人手下網羅了各式各樣的人才，平時多留駐楚國的都城郢都，今次遠途來此，不問可知，自然是要狩獵他郤桓度。

今次處境的凶險，比他想像中還要糟，若落在這著名凶人手上，那就生不如死了。

另一方面，他又頗感自豪，囊瓦出動了這張頭牌，證明很看得起他郤桓度，不禁精神一振，決意周旋到底。

車隊緩緩馳去，郤桓度腦中靈光忽現，醒悟到車內乘載的必是老人或女眷，否則車行的速度不致如目下緩慢，嘴角不由露出笑意，身形展開，全力向馬隊追去。

刻有襄老徽號的車隊緩緩馳向夏浦，前面的騎士忽然向後面的車隊打手號示意停下。

這隊騎士都是襄老的親兵衛隊，帶頭的騎士隊長更是一臉精明、身經百戰的神氣，一待車隊停下，他反而回騎馳往馬車旁，一面揮手示意手下裡兩名帶頭的騎士上前視察，又吩咐後面的手下阻止後來的行旅前進，似乎車內有極端寶貴的事物。

他的手下散開隊形，團團護著馬車。

那騎士隊長低下頭，在垂下布帘的車窗前，輕聲道：「姬夫人莫要受驚，前面路中心不知爲何倒下了棵大樹，待我們檢查過大樹是否有人蓄意砍斷，便可清理移開，繼續行程了。」

車內有女聲輕嗯一聲，溫柔悅耳。

另一把女聲響起問道：「戚隊長，姬夫人想知道何時可進夏浦？」出聲的女子，該是婢女的身分。

戚隊長道：「大約在黃昏時分進城，入城後半個時辰該可到達主公在夏浦的臨時別宅了。」

他們款款細談，在道旁叢林內的郤桓度，卻幾乎罵遍他們的十八代祖宗。

他一方面慶幸自己手腳高明，在斷樹攔路上用了點心思，若非細心觀察，很難知道是他蓄意弄斷；而且他挑選的這棵樹早已枯槁，所以任何人也會當是碰巧自然倒下，不會懷疑其他。

另一方面，這戚隊長精明厲害，反應敏捷，一見有樹擋路，立即回馬護衛，使他想躲入車底的企圖難以實現，心下暗急。

這時前面檢查斷樹的兩人揮手通知戚隊長，表示沒有問題，戚隊長連忙下令，登時另有兩騎馳出，準備幫助前兩騎清理道路。他們中有人取出粗繩，打算以坐騎把大樹拖開。

郤桓度忽地一震，醒悟到自己心情急躁，「守心」的功夫蕩然無存，耳目的靈敏大打折扣。剛才兩騎前馳時，眾人的注意力都集中在前方，若果他能把握那一絲空隙，早可仗著絕世身法閃進車底，就是因爲心中受著成敗的影響，竟錯過良機，大感可惜，連忙收攝心神，靜待第二次機會。

繩索一頭套在樹身上，一頭纏在馬鞍，騎士大喝一聲，兩腳一夾，健馬放開四蹄，大樹隆隆移開，枝葉和路上的黃土摩擦，一片沙塵揚上半天，恰好一陣強風吹來，漫天黃塵，直向車隊吹去，眾騎士俯首掩目，以免塵埃入眼。

郤桓度暗叫一聲天助我也，身形輕盈如狸貓，略一縱跳，閃入車底，神不知鬼不覺。

戚隊長一聲令下，車隊徐徐前進，速度加快了少許。顯然時間受了點延誤，所以要增加速度，趕在日落前進入夏浦城。

郤桓度平貼在車底，手腳如蝙蝠般抓緊車底的木架，心情出奇的輕鬆，此次竟由敵人護送入城，世事的確是無奇不有。又想起先後兩次都是以斷樹爲救星，亦是異數。

蹄聲啲嗒，馬車沿路前行，車上除了傳來柔和的呼吸聲外，不聞其他聲音。

郤桓度好奇心大起，揣測著車內那夫人的身分，不知她爲何要來此與襄老相會。

途中那戚隊長又數次回馬向車內夫人報告行程，那夫人一聲不出，只有那婢女間中回應，這時連郤桓度也知道這戚隊長是藉故引那姬夫人說話。

忽然一隊騎士以高速由背後趕來，在車隊身旁擦身而過時，騎士們放慢速度，其中一人沉聲道：「屬下展成向姬夫人問好。」

中氣充沛含勁，顯是高手。

第四章　紅顏命薄

一把柔美的聲音在車內響起道：「找到了郤公子嗎？」

展成沉聲道：「郤桓度亂臣賊子，人人得而誅之，姬夫人不須稱他郤公子。」

姬夫人輕歎一聲道：「你們男人的事，我不想多管。只知郤宛左尹爲我國名將，如此而已。」

這姬夫人語氣對郤宛甚爲尊重，又隱隱透出對囊瓦一方的不滿，在車底的郤桓度不由心生感激。

展成不敢爭辯，轉向戚隊長道：「戚隊長，麻煩你小心護送夫人，我要先行一步了。」

一聲告辭，十數騎電馳而去。

郤桓度心下暗驚，襄老的手下紛紛注入夏浦，想是以夏浦作基地，佈下天羅地網。襄老確是厲害，這楚國的大都會緊扼水陸交通的樞紐，封鎖此地，等如握緊他郤桓度的咽喉，使他有翼難飛。

這時車上女聲響起，郤桓度連忙收攝心神，靜耳細聽。

在轆轆車聲中，那婢女道：「夫人你眞勇敢，只有你一個人敢說眞話。」

姬夫人幽幽的聲音傳來，道：「那又有甚麼用？強權便是公理，惡勢力是巨浪洪流，任何反對它、不肯同流合污的人，不是都遭到滅頂之禍嗎？郤宛將軍千萬倍勝於我這命薄的小女子，但他眼下仍是落得家毀人亡。只願他僅餘的骨肉能逃出魔爪就好了。」

郤桓度心內感激，這姬夫人大異於趨炎附勢之輩。她雖爲襄老之妾，卻似毫不帶有半點對襄老的感情，還站在完全不同意見的立場，心下禁不住奇怪萬分。

婢女又道：「夫人，自從你從陳國來楚後，我從未曾見你有過半點歡容。」

郤桓度乍聞「陳國」兩字，腦中轟然一震，登時暗罵自己腦筋不靈，竟省不起這個女子是誰，心內衝動，幾乎想用匕首在車底開個小洞，一窺芳容。

劍術和美女，這兩者是郤桓度藉以維持生命意義的目標，雖然現在加上了家族血仇，但那卻非郤桓度自己追求的，只是命運加於他身上罷了。

關於這千嬌百媚的姬夫人的事蹟，早名傳當代。姬夫人名夏姬，艷冠天下，顚倒眾生，陳國的內亂，便是因她而起。經楚國派兵平定後，這艷姬被帶返楚國，楚國權貴公侯頓時群起爭奪，看來是襄老這凶名最著的惡人奪得美人歸了。

據聞襄老面容醜惡，全身發臭，不禁大感惋惜，頗有牡丹插在牛糞上的感慨。

襄老必是好色如命之輩，因爲這夏姬勝比洪水猛獸，隨時會因別人的嫉忌而產生禍害，怪不得要遣高手重重護衛，儘管來夏浦出差，也要把她攏在身旁。

據傳有一兩個有權勢的人，對夏姬色授魂與，豈容襄老獨得美人，看來好戲還在後頭呢。

郤桓度對所有囊瓦方面助紂爲虐的人物，均欲誅之而後快，心想若能把夏姬從襄老手上奪過來，對他的打擊，可能比死更能令他難過。

一顆心不由朝這方面活躍起來，不過就目前的情勢來說，這好比水中撈月，毫不實在。

婢女又道：「不知他們下一個目標，會否是沈尹戍？」

夏姬輕歎一聲，沉吟不語。

沈尹戍與郤宛並譽爲楚國兩大支柱，同爲囊瓦的眼中刺，欲去之而後快。平時左尹郤宛和沈尹戍互爲聲援，現在郤宛倒了下來，囊瓦自然要向沈尹戍開刀了。

這時車子轉上直路，從車底看出去，行人的密度大增，郤桓度知道刻下已抵達通往城門的直道，果然不一會兒車子緩緩停了下來。

城門處守衛森嚴，戚隊長和守門的兵士交代了幾句，遞過手令，車馬緩緩入城。郤桓度自車底覷探，只見車來馬往，行人眾多，一片繁華昇平的景象，心想若非正在落難逃生，到此一遊，應是人生快事。

車行約一炷香的工夫，車馬駛進一座巨大的莊院，馬車倏然停下。

戚隊長急忙上前，打開車門，先是一對少女的纖足踏在地上，郤桓度知道是那婢女的，跟著才是姬夫人更纖巧的雙足，踏在地上輕盈柔弱，直往莊院的主宅走去。只覺莊院內所有人均停止了動作，顯然注意力都給她吸引了過去。

郤桓度好想伸頭出去看看這位著名的尤物，可是想起血海深仇，不禁廢然而止。

馬車又再緩緩而行，左曲右折，到了莊院的後面，不時有馬嘶在旁響起，顯是馬廏和糧倉儲物的地方。

郤桓度忍不住微笑起來，襄老凶名遠播，無人敢惹，又有囊瓦做後台，這番搜捕自己，任何人都會認爲自己這經驗薄嫩的小子必難倖免。假若他反而深入虎穴，躲進他臨時的巢穴內，這著奇兵，當然大出襄老意料之外，任他其奸似鬼，也只好栽個觔斗。

馬夫停下馬車，自行離開，

郤桓度再不遲疑，閃身從車底躍出。

後院杳無人跡，這時天色開始昏黑，他迅速觀察四周的形勢，左方有個大花園，園內的空地有幾座糧倉模樣的建築，正是藏身的好地方，心下一喜，身形疾移，向左方掠去。

在糧倉內，郤桓度度過了平靜的三日，他在山野逃走時採掘了大量黃精，營養豐富，足供果腹，他又乘夜外出取水，飲食無憂。

這幾天的靜養，使他在劍術上有極大的進境。

他以前做郤家公子時，像個未開靈竅、養尊處優的貴家公子，這十多日來險死還生的磨練，使他像一塊玉石般被雕琢成美玉，無論精神、體力和智能，都晉入到一個前所未有的境界，所以他藉著三日的靜修，把這些日子來領悟到劍術上的心法，融會貫通。

糧倉外間偶有人聲傳來，偌大的空倉卻是深幽無聲。郤桓度在糧倉一個隱蔽角落略加佈置，利用雜物輕易做成了一個上佳匿藏之所，儘管有人入來，只要並非是有目的之搜索，幾乎沒有可能會發現他的存在，反而他可以清楚地窺看全倉的形勢。

這一天迅速過去，剛入黑的時分，郤桓度正在思索劍術上的招式時，忽有感應，睜目從雜物的隙縫往外望，糧倉的一扇窗戶無聲無息地敞了開來。

微弱的光線從敞開的窗戶透入，跟著一個瘦長的男子身形靈活地掠了進來，順手把窗門緊閉，糧倉內又回復一片漆黑。

郤桓度目力雖佳，可是在這完全與外面光線隔絕密封的倉庫內，他的夜眼也是英雄無用武之地。

「咿呀」一聲，把郤桓度嚇了一跳，倉門給推開了一線，透入微弱的光芒。

這糧倉是從外關閉的，此人必是從外面先解了門鎖，才能從內把門推開。這人不知用了甚麼手法，在推開門時，完全沒有弄出聲音，致使他全無所覺，這闖入者實處處予人莫測高深的印象。

郤桓度心下飛快盤算，這男子行動間聲息全無，如果不是親眼目睹他的存在，眞令人難以相信，好像他只是一具沒有實體的幻象。

這在郤桓度心中敲響了警號，此人絕對是一個高手，如果他是蓄意來對付自己，再配合著其他人，這一回必是凶多吉少。但另一方面，又覺得這人來此，與他全然無關。

藉著門縫透入的光線，郤桓度看到這高瘦的男子蓄滿鬍子，氣度不凡，一對眼睛閃閃生光，不怒而威。年紀大約四十上下，正是那種已有成就、富於魅力的男性，甚有性格和深度。

這男子站了一會兒，開始不安地在門前來回走動，臉上透露出期待和焦灼的情緒。

郤桓度心下奇怪，通常這類人都應是城府深沉有若大海，喜怒不形於色，否則如何能爬上他們的地位。只不知是甚麼事情，致令他大失方寸？

男子忽地掠向正門往外望去，同一刹那，一陣輕柔的步聲由遠而近，郤桓度大惑不解，因爲他竟然對這陣腳步聲泛起似曾相識的感覺。

大門微微推開，一個纖美的身形輕盈閃入，那男子一手掩門，另一手把這進來的身體抄入懷裡，跟著兩唇相接，衣服和肉體摩擦的聲音香艷刺激，在漆黑裡亦覺春色無邊。

郤桓度兩眼雖然因大門關閉而看不到一丁點兒倉內進行的勾當，但他也是過來人，腦海中很容易勾畫出正在進行的實況，身體自然起著正常的反應。

好一會兒，傳來女子低微的喘聲，顯然兩人的嘴唇已經分開，男子功力深厚，女子卻因纏綿的熱吻後，嬌喘細細。

郤桓度終於知道這女子是誰，心中居然升起一股妒忌的憤怨。

這女子正是名聞天下的尤物夏姬，難怪他對她的步聲如斯熟悉，那日他在車底，曾耳聽這尤物的離去。

另一方面他也有點啼笑皆非，不知是否上天偏愛作弄人，她雖然近在眼前，依然看不到她使世人神魂顛倒的美貌。

夏姬輕輕吁出一口氣，一呼一吸的聲音，也是那樣豐潤性感，扣人心弦。

男子道：「夏姬，我原以爲你不會到來了。」

夏姬嬌喘細細，默然無語。轉瞬又傳來擁吻的聲音。

郤桓度妒忌得幾乎要出去把那男子殺死，這心情連他也難以理解。雖然他連夏姬的面貌都未曾看過，但透過她的聲音和言談、她的傳說，他早在腦海中把她塑造成心目中的女神，這女神就在他面前被人侵犯，教他如何不妒火中燒。

良久男子又道：「夏姬！想不到我巫臣二十年來靜如古井的心，又動起情來，且完全失去控制，比之年輕小子更有不如。」

頓了一頓又道：「你知否我的心早已死去，終日沉迷在權勢的追逐中。見到你後，這顆死去的心才再度復活。唉！我真是其蠢如豬，甚麼功名富貴，怎及得上和你一起時任何半刻的快樂。」

他說來深情流露，但夏姬只是「嗯」的一聲，不見如何激動。

他在娓娓訴情，郤桓度卻是心中大駭。剛才男子自稱巫臣，把他的妒火驚走大半，因這巫臣的地位確然非同小可。

當時國家最重要的大事，就是祭祀和戰爭，所謂「國之大事，惟祀與戎」，說的便是這兩件事。巫臣就是在祭祀神權上，楚國最重要的人物，有舉足輕重的地位。

這巫臣本身武功高強，又是楚王的主要謀臣，時常代表楚國出使各地，是外交的專才，在諸國中備受尊敬，以囊瓦的專橫，也不敢輕易惹他。

想不到居然來到夏浦，在此時此地這種複雜的形勢下，和囊瓦手下頭號大將的禁臠搞上了。他也算神通廣大，居然能避過襄老的耳目。

夏姬輕聲道：「先生這樣約我前來，一旦被襄老發現，縱使能一時逃過他的毒手，但囊瓦一定會利用這件事動搖你的地位，陷你於萬劫不復的劣境，我於心何安！」

她的聲線柔媚動人，婉轉溫文，使人感到體貼入心。

巫臣冷哼一聲，郤桓度則耳膜一震。心想你不要爲了在美人面前表現英雄氣概，驚動倉外的人，引得襄老前來，殃及這池中的另一條小魚。

巫臣接著道：「囊瓦若要動我，還是氣候未足。襄老現在爲了搜捕郤宛之子，正忙得不可開交，否則我們也難以在此相會。哈！想不到此子如此難鬥，連我也覺得頗爲出奇。可能是天佑我們，此刻應是你脫離襄老的最佳時機。」

夏姬喜道：「只要能脫離襄老，我甚麼艱苦都不怕。」

郤桓度暗忖她不說只要我能跟你，而說只要能脫離襄老，顯然她並非深愛巫臣，不過是因襄老令她太討厭罷了！可笑那巫臣愛火薰心，竟體會不到佳人對他的真正心意，愛情盲目之言，確是不錯。

想到這點，妒恨稍減，心靈回復通透圓明。

巫臣又道：「襄老劍術高明不用說，今次隨他來的龍客、鄭樨和萬悉解三人，都是可怕的威脅；所以我們的行動要萬二分小心，一出錯，將永無翻身的機會。」

他一邊說，郤桓度的心一邊往下沉去。

剛才巫臣說的三人，都是楚國著名的高手，各有絕藝，若一下撞上他們，他郤桓度能活命的機會，可說是微乎其微。另一方面又暗自慶幸，現在該還有逃走的機會。

巫臣道：「公子反率領了一批高手來夏浦，我怕他是要打你的主意。不過你卻不用擔心，我已有萬全的安排，可保我們能逃往國外。這一次我到夏浦來，是奉有王命，來此再乘船沿江而下，出使齊國，希望能聯成陣線，對付晉國，只要你能依我指定時間，坐上我安排的馬車，我倆可堂而皇之逃離楚國。這處我早安排了足夠的人手，一切應無問題。」

郤桓度心下恍然，這巫臣定是已在此佈下內鬼，所以才能出入自如。

巫臣跟著又詳細反覆地述說逃走的細節和應變的方法，甚至把預備好的救急煙花施放方法，一一授予夏姬，連在旁竊聽的郤桓度，不由也暗讚這巫臣處事的嚴密和精細。

他和這兩人的目標並無二致，都是要避開襄老，逃離楚國。

第五章　與美偕行

第二日黃昏時分，襄老收到消息，有個形跡可疑的青年，在夏浦以西江水的上游出現，還有幾十個陌生人，同時間分別抵達該地。這跟郤桓度和他的子弟兵的情形非常吻合。

一接到線報，襄老不疑有他，連忙盡起手下快馬趕去。

他駐紮的大宅一時間只剩下基本的護衛和傭僕，他自恃聲名赫赫，並不以爲有人敢來冒犯他。任何人若敢在太歲頭上動土，都要想到事後受到報復的惡果。

襄老大批人馬離開了不一會兒，一輛灰色的馬車在暮色中緩緩駛過大宅旁的道路，剛好對面有另一隊騾車隊經過，頓響起車輪嘈吵的聲音，加上騾嘶人喝，場面一時呈現混亂，假設有人在對街觀看，視線恰被隔斷。騾車隊慢慢離去，灰車向另一個方向開出，路上恢復平靜。

這一切均沒有瞞過郤桓度的雙目。這都是巫臣的巧妙安排，此輛灰色的馬車，趁剛才的混亂，載走了艷著天下的美女夏姬。

他心中大感刺激，一則很想知道巫臣這樣精密的安排會否失敗；另一方面能看到夏姬的花容，亦是人生一大快事。郤桓度再不遲疑，緊躡而去。

天色很快暗黑下來。今晚月色良佳，路旁的景色清晰可見，灰車在前面轉了幾個彎後，來到一個道路交匯處，忽地同樣外形的另三輛馬車從隱蔽處駛了出來，分向四個不同的方向馳去。

馬車的速度開始增加。任何人若發現夏姬的失蹤而加以搜查，現在一定大感頭痛。甚至在事後很久，襄老也必然會混淆好一陣子，摸不清逃人的去向，致阻延了行動，巫臣這安排確是簡單有效。

這一著郤桓度也沒有想到，幸好他一直緊跟著馬車，又知道夏姬的眞正目的地，所以毫無困難跟著載有夏姬的馬車去了。

夏姬坐在車內，心情緊張，巫臣雖然勢力龐大，安排巧妙，手下又多能人異士，但看他對襄老仍是十分忌憚。

襄老實在是個非常討厭的男人，言語無味，不解溫柔，尤其是他身具異味，性情暴虐，舉手投足，無不使她活在苦海裡。她雖然服侍過不少男人，卻以此人最爲可厭，何況還要在他的凶威下強顏歡笑。

夏姬眼角溢出一滴淚水。她像漂浮水上的鮮花，雖在未枯前不可方物，卻完全不能由自己控制，此刻亦是如此。無盡的冀求和渴望，完全沒有成功的可能，儘管能和巫臣相偕逃往國外，她只是依從著另一個較佳的男人，這是否就是上天加諸於她身上的命運？看來她只好認命了。

「轟」的一聲，馬車驀然停下，夏姬從無盡的愁思中霍然驚醒。

車外跟著是一連串兵器交鳴聲音，夾雜著怒喝，忽地四周都是劍戈之聲。夏姬知道必是有追兵趕來，而隱身在暗處保護自己的巫臣手下則走出來護衛，但若果是襄老親來，自己將全無逃走的機會了。

在車後緊跟的郤桓度，驟然見到一群身穿黑衣的武士襲擊馬車，與隨車護送的巫臣手下對上了手，也大叫不好，以爲襄老識破玄虛，趕來攔截。但很快他便知道對方和襄老無關。五十多名黑衣漢雖然不乏高手，實力龐大，卻不是襄老、龍客、鄭樨和萬悉解那類特級高手，所以這是另一股勢力。

郤桓度心下稍安，靜心細察雙方形勢。

黑衣武士在人數和實力上都擁有絕對的優勢，巫臣的人顯已不敵。這並不是說黑衣武士那方的實力強大過巫臣，而是巫臣的實力最少分了一半去預防襄老突然趕回的突變上，兼且人手又要在沿途各地接應，所以登時在這敵人的集中攻擊下吃了大虧。

「嘩啦」一聲，馬車開出，巫臣的手下護著馬車死命衝出重圍，黑衣人的攻勢加強，巫臣的手下一一倒下。

郤桓度右手握上銅龍的劍柄，心想該是我出馬的時候了。

夏姬坐在停下來的馬車內，並沒有往車外看，她不是驚怕，而是對命運完全失去抗拒的意志，只能聽天由命了。

車門倏被推開，一個滿面于思、衣衫襤褸的男子在門外看進來，一動不動地盯著自己，明顯爲自己艷光所攝。這類情景幾乎無時無刻不發生在她身上，儘管如襄老等和她朝夕相對的男人，也時時目定口呆地注視著她的一舉一動，或是一皺眉、一蹙額。

她的目光大膽地回敬這名男子，她雖然只有二十四歲，但歷盡滄桑，早沒有小兒女的羞澀。忽地心神一動，這男子雖然沒有梳洗，衣衫破爛，卻自然有一股高貴的氣質；且身材健碩，眉目間清秀溫文，使人有種風流倜儻、文武雙全的印象；雙眼更是利如鷹隼，令人生出愛慕和倚賴之心。

那人的目光在她身上梭巡了一會兒，收回目光。夏姬靈敏的感覺告訴她，這人所看的部分，足以顯示他是「欣賞女性」的大行家。

一般世俗的人，看女人很自然便去看她的面貌身段，但這男人的眼光，卻包括了她的耳珠、小指、頸項、腰身等等，這些地方更能看出女子的眞正面目。

她亦知道在觀察後，對方非常滿意。這類事已多次在她生命中發生，但不知怎地，今次卻特別有種前所未有的興奮。或者是這男子和她年紀相若，想起那些老頭兒，他們乾枯的身體、老人的穩重保守，都令她索然無味。

那男子道：「夫人請隨我來。」語調中含有使夏姬遵從的力量。

這時打鬥聲音加劇，男子忽地伸手進來，抱起夏姬，手中灑出千道寒芒，直衝出去。

夏姬給那男子攔腰抱起，眼前盡是刀光劍影，不禁閉上雙目，身體不時劇烈地震盪著，轉急彎時身體似欲飛去；但覺縱躍飛跳，兵刃聲漸漸遠去。忽然幾滴液體落在臉上，入口微鹹，夏姬張目一看，那年輕男子肩上染滿鮮血，有些正滴在自己臉上。

男子似乎對她的睜眼生出感應，側頭一笑，露出一排雪白的牙齒，這時夏姬才想到他不是巫臣的人，心裡反而有種自由和舒暢的感覺。

在月夜下兩人迅速奔馳，轉眼來到城南的高大城牆下，男子身形不停，一條連著掛鉤的飛索從他身中射出，準確地鉤在城牆上邊。

男子低喝一聲：「抱著我！」

夏姬順從地雙手攀上男子的頸項，觸手是他強壯結實的頸側肌肉，兩人這下身體相貼，一股青年男子的獨有氣息，令她感到新鮮刺激。兩耳生風時，他們已到了牆頭上。

兩人迅速離開夏浦城，又避過大路，很快來到一個無人的山頭。眼前是黑壓壓的樹林，從高望去，樹林外便是滾滾向東流去的長江，在月色反射下澄明如鏡，一艘巨舟泊在江心。

夏姬心神一震，這不就是巫臣的舟駕？一時驚疑不定。

那男子放下夏姬，她感到他有點依依不捨，顯然留戀自己在他懷內時的感覺。那男子居然不乘機佔點便宜，非常君子，遠勝她過往所遇的其他男人，心下更感激他對自己的尊重。

山風吹來，拂起她一頭秀髮，她覺得臉上有點癢，雙手自然把頭髮向後抹，側頭一看，那男子正目定口呆盯著她，不禁嫣然一笑。

那男子有點不好意思，藉故環首四望。

夏姬撕下衣服的下襬，走向那男子低聲道：「讓我看看你的傷口。」

男子猶豫了片刻，伸手要撕開肩頭衣服，夏姬的纖手阻止了他的動作，溫柔地拉開他肩上的破衣，見到血已停止溢出。

男子坐在石上，夏姬連忙給他包紮，傷口幸而未傷及骨骼筋脈，並不影響他的行動。

兩人並排坐在石上，一時默然不語，哪像逃命求生，更像一對幽會的情侶，共同享受無聲勝有聲的時刻。

這男子正是郤桓度，刻下內心的靈智正在交戰，不知應否把她交回巫臣。夏姬乃無主名花，只要她不反對，便可以把她據爲己有，如此尤物，正是男人最寶貴的財產，想到這裡，不禁嚥了一口涎沫。

夏姬垂頭望著膝前的小草，輕聲問道：「你是誰？」

郤桓度脫口道：「在下郤桓度。」

夏姬全身一震，側頭望來，一時間說不出話來。

郤桓度禁不住升起同是天涯淪落人的感觸，兩人遭遇雖不同，但要逃脫魔爪的心境卻是一樣，郤桓度有的是高強的武功和才智，夏姬有的卻是絕世美貌。

夏姬道：「令尊一代人傑，被奸人所害，令人扼腕。」

乍聞父親之名，郤桓度懍然一驚，暗忖自己身負家族血仇，怎能戀棧美色，但如此佳麗，又是難捨難離，心下痛苦不堪。

他第一次在車廂內看見她，便被她至美的面容、無倫的秀氣和成熟美女的萬種風情所吸引，難得她正義而有灼見，令人敬重。

郤桓度下意識地取出懷內匕首，就利用刀鋒在臉上刮削起來，鬍子紛紛落下。一直以來他並不覺得有整理儀容的需要，但在夏姬這美女的目光下，自然而然刮起鬍子來。

夏姬有趣地望著正在刮臉的郤桓度，原本被于思遮蓋的臉孔，露出分明的輪廓，心中無限溫柔欣悅。

夏姬柔聲道：「公子打算怎樣處置妾身？」

郤桓度剛完成了刮鬍的任務，聞言一愕，這一問坦白直接，表達了任君處置的心意。這樣一句話出自這迷人尤物的香唇，試問天下哪個男人能拒絕這美麗香艷的要求？

郤桓度聽到自己軟弱地道：「郤某現下自身難保，怕會牽累夫人。」

他知道自己正徘徊於崩潰的邊緣，夏姬若再加哀求，自己一定不會拒絕，那時既要應付搜捕，又要照顧這嬌柔的女子，後果眞是不堪設想。

一陣破風的聲音傳來，救了郤桓度。他連忙一伸猿臂，摟著夏姬筆直地往前方的樹林風馳電掣地奔去。

樹木茂密非常，月色透過樹葉灑照下來，化作一點點的金黃，左右不遠處都傳來異聲，郤桓度揀了株樹幹特別粗的大樹，挾著夏姬，往枝葉濃密處躥上。

郤桓度站在樹幹開叉處，背貼樹身，兩手繞過夏姬不堪一握的蠻腰，把她緊貼身上，由於夏姬身形高䠷，兩人幾乎是面面相對。

夏姬全身柔若無骨，香肌豐滿，充滿彈性和青春活力，郤桓度立時顯示出原始的反應，緊貼著他的夏姬清楚感覺到，嚶嚀一聲，雙手緊纏著郤桓度，一副任君採摘的態度。

郤桓度燃起了熊熊的慾火，唯一能阻止他要放手大幹的理由，便是這實在是不適宜於動作和纏綿的地方。

樹下的四周人影閃動，把郤桓度的注意力從夏姬修長火熱的玉體移開。

附近周圍最少有十多個人來回搜索，他們並非巫臣方面的人，否則便會用巫臣和夏姬約好的暗號聯絡。只不過未知是早先截駕的戰士，還是襄老方面的人。假設是後者的話，他的處境更是危險。

左下方響起一把男性的聲音道：「官兒，那小子帶著夏姬，應是來了這裡，但巫臣的專船還未開走，證明夏姬尚未登船，此事令人難解。」

另一把沙啞的聲音應道：「赤兄之言有理，但試想夏姬天生媚骨，風騷動人，這等年輕小伙子有何定力，怕已背著巫臣在隱蔽處及時行樂了。」

說完附近各人一齊嘿嘿淫笑。

郤、夏兩人聽在耳裡，又是另一番滋味。夏姬豐滿的肉體在郤桓度懷裡一陣扭動，使郤桓度感到高度肉慾的刺激，同時升起無限憐愛，雙手輕輕在夏姬的背臂來回愛撫。兩人不敢弄出半點聲息，默默享受那銷魂的滋味，既香艷又驚險。

另一把聲音道：「那小子劍法高明，爲我生平僅見，巫臣之下何來這等高手？」

早先姓官的男子道：「會否是襄老方面的人？」

姓赤的沙啞聲音響起道：「不論如何，我們都要把夏姬搶回來，否則公子怪罪下來，我們便要吃不消。」

跟著一番商議，定下截查的路線，這才散去。

郤桓度在夏姬耳邊道：「巫臣有沒有教你應變的方法？」

夏姬想起當日巫臣交給她的煙花訊號，連忙點頭道：「噢！在衣內。」

她雙手緊纏著郤桓度，絲毫沒有鬆手的意思，不啻要郤桓度探手入她衣內取物了。

郤桓度強忍著探手入夏姬衣內的衝動，有點貪婪地嗅著她如雲秀髮的芳香。一邊道：「你一定要聽著。」

夏姬在喉嚨唔了一聲，蝕骨銷魂，一雙明眸鳳目半開半閉，仰起媚態橫生的俏臉，已是情思難禁。

這一下真的要命，郤桓度幾乎要朗誦郤宛的名字，眼下如不能擺脫情慾的難關，不但會破壞構思好的計劃，一個不好，夏姬亦會一是被這不知名的勢力擄去，一是落回襄老的魔爪裡，自己滅族的大仇不但不能報，還惹來天下人恥笑，爲家族留下臭名。想到這裡，靈智逐漸清醒過來。

郤桓度突然把嘴唇靠近夏姬的耳邊，強忍著吸啜她圓潤耳珠的衝動，運氣輕喝道：「襄老！」

這兩字有如透心靈藥，夏姬全身一震，兩眼睜大，射出驚懼的神色，郤桓度不由一陣憐惜。這嬌美的女子受盡襄老的淫虐，聽他的名字即驚懼如斯，心想若有機會，一定要搏殺這凶人。

郤桓度道：「你一定要照我的話去做，否則不但我性命難保，你也要落回襄老手上。」他故意提出他的生死，又再提襄老的名字，夏姬為他為己，都要聽命而行。

夏姬果然俏臉一變，臉上艷紅的色澤逐漸消淡，眼睛回復清醒時的明亮，泛著純美的光輝。

郤桓度發覺這才是她最引人心弦的地方，她的神色和氣質，變化萬千，豐富動人，一時媚態引人，如蕩婦淫娃，萬種風情；一時又如清純少女，答答含羞；有時高雅孤傲，有時又溫婉從人，使和她在一起的人目不暇給，神不守舍，每一刻都有新鮮不同的感受。尤其是她一雙會說話的明眸，可以清楚傳達出她的心意和感受，難怪這麼多人為她不能自拔，的確是有道理的。

夏姬輕搖他一下道：「怎麼了？」語聲含有嗔怪的意思。

郤桓度從沉思中驚醒，道：「一會兒我要留你在此，當聽到我一聲長嘯時，須立即發出訊號，巫臣自然會……」

話還未完，夏姬雙手再度纏了上來，豐滿的嬌軀死命挨緊郤桓度，眼睛濕潤；想到這個使自己第一次動了真情的男子，這樣便要離去，他日相見的希望有如鏡花水月，怎不教她傷心欲絕。

郤桓度理智的堤防又徹底崩潰，一把捧起夏姬的俏臉，狠狠地吻在她豐滿溫潤的紅唇上，心神迷醉，剛想做進一步的行動，夏姬用力掙了兩掙，郤桓度不解地離開了她的嘴唇。

夏姬吹彈得破的俏臉上滿佈紅霞，在月照裡明艷不可方物，神情卻非常堅決地道：「你去吧！我會照顧自己的了。」

郤桓度心中感動，知道剛才曾提到自己的生命危險，夏姬是爲了自己，才這樣毅然要他離去。

郤桓度深深地望了這美女一眼，將她放好，躍落樹下，轉眼消失在叢林茂密處。

看著這奪得自己芳心的男子遠去，夏姬兩行情淚奪眶而出。

月亮掛在西天，離天亮還有個把時辰。

第六章　逃出險境

郤桓度離開了夏姬，在樹林內迅速飛躍，忽感有異，他像一隻充滿活力的斑豹般，一弓身躥上一棵樹上，緊伏樹幹，與月夜渾融爲一。

片刻後一道人影由樹下掠過，就在剛過了郤桓度藏身的樹下時，郤桓度凌空下撲，銅龍化作一道長虹，電閃般向敵人刺去。

那人也是了得，身形一轉，一對短戟回身一架，恰好擋開銅龍凌厲的一擊，但郤桓度這樣突如其來的全力撲擊，雖然給他架住，仍然把他撞得倒飛向後，鮮血狂噴。

郤桓度豈容他有喘息的機會，手上銅龍若如長江大河，滔滔不絕，一劍重過一劍，一劍比一劍狠辣，把他迫得連連後退，狼狽萬分。

「噹」的一聲，那人左手短戟先被挑飛，跟著右手在郤桓度無孔不入的急刺下連中三劍，郤桓度長劍再閃，那人胸前鮮血狂噴，來不及慘呼，倒地斃命。

郤桓度一陣力竭，剛才全力出手，一舉斃敵，心頭大快。他之所以要不擇手段地襲殺此人，因爲從他提著的雙戟認出，這人正是襄老座下三大高手之一的「飛戟」龍客。此人在這裡出現，可能是襄老來此的先兆，搏殺了他，一方面可以防止他回報襄老，另一方面，更可削弱襄老的實力，何樂而不為。

這龍客的雙戟名震楚地，雖說自己攻其不備，佔了先機，但居然能在毫無損傷的情況下，使他命喪劍底，不由信心大增。

郤桓度不再遲疑，仰天發出一聲長嘯，往東南方疾馳而去。

這龍客武功高強、橫行無忌，估不到猝不及防下，不明不白的命赴黃泉，不得好死。

現在幾股勢力的關係糾纏不清，郤桓度在其中穿插，使得局面的發展更為複雜。

再沒有人可以預料事情的變化。

郤桓度展開身形，將速度發揮到極限，心中有種難以言喻的興奮。正如那次在大別山的逃生，逃避隱藏並不是辦法，一定要把主動操於手中，才能著著制勝。

幹掉龍客對他有極大的鼓舞，這是他首次面對真正的高手。雖說今次自己是以戰略取勝，但這正反映了他郤桓度現下應採用的戰術。這是在敵人惡勢力下掙扎求存的唯一方法。

兩邊的樹木在他眼前飛快的倒退，於月色照射下，變成銀光閃動的世界，使人懷疑一時錯失下，撞進鬼神的領域。

四周隱隱傳來人聲和衣衫在密林行動時弄出來的聲音，敵人的包圍網在四周展開著。郤桓度希望能在包圍網完成前於缺口處逃出，他還要在巫臣大船開遠前潛匿其上。

左方四里處一聲尖銳的聲音響起，一股濃煙在天空化開；郤桓度心下稍安，知道夏姬發射出求救的煙火，召喚巫臣方面的援手。現在唯一難測的因素，就是襄老的去向，他們方面到現在爲止，只出現過一個「飛戟」龍客。

郤桓度忽地大感不妙，原來敵人非常高明，特別在三處地方弄出聲音，使自己避開那些方向，其實全無動靜的一面，才是敵人實力的眞正所在，在他知道這眞相時，他已陷身在敵人的羅網內。

巫臣卓立岸上，背後是他出使齊國的巨舟「騰蛟」，在月夜下有如一隻俯伏在江流上的巨獸；江水在月色的照耀下，反映出一絲絲顫動的銀光。

巫臣身前一排站了二十多名全副武裝的戰士，這都是他麾下最精銳的死士。只要他一聲令下，每一個人都會毫不猶豫爲他付出性命。養兵千日，用在一時。

此刻他臉上冷靜如常，不露半點感情，其實內心的煩躁焦慮，非筆墨所能形容萬一。

尤其是在半個時辰前，他接到襄老趕來此地的訊息，若襄老在夏姬上船前抵達，不用說他要把夏姬拱手予人，就連本身的安全也非常可慮。襄老一向以凶殘惡暴著名，盛怒下這狂人甚麼也幹得出來，他屬下中還沒有可與抗手之人，那情況就更惡劣了。

就在這時，右方的樹林冒出一股濃煙，裊裊地升上半空，巫臣大喜，知道這是夏姬發出的訊號，因爲這煙花經特別設計，定要知得獨門手法，否則難以點燃。

巫臣身形展開，飛掠而去，眾手下慌忙跟隨。

郤桓度倏然停下，站立在樹林當中，一點也不似撞進敵人的重圍裡，其實他停下的地點大有講究，因爲再向前行將會穿過樹林，抵達江岸的空地，若要以寡勝眾，當然是充滿障礙物的樹林來得有利。

郤桓度一停下來，便從懷中取出汗巾把下半邊臉蒙上，只露出閃閃生光的雙目，一副莫測高深的模樣。

不一刻，黑衣的戰士在四周出現，估計最少有二百多人，把孤單的郤桓度重重圍困起來，正和先前攔路要強搶夏姬的武士同一裝束。

一個身穿白衣、身材高瘦的男子，緩緩排眾而前，他的白衣在武士們黑衣的襯托下，分外突出，顯示他與眾不同的身分。

這白衣男子年近四十，臉色稍嫌蒼白，但眉目卻極爲俊朗，只是眼肚泛青，是酒色過度的現象；一對眼似開非開，給人陰狠毒辣的感覺。手上提著一枝銅製的洞簫，也不知是否他的武器，還是把玩的東西。郤桓度心想答案只好以生命去探求了。

白衣男子傲然一笑道：「這位藏頭露尾的朋友，若能放棄抵抗，提供我所要的資料，我不但饒你一命，還給你賞賜。」

他語氣強橫，是那種慣於高居人上的權勢人物的典型語氣。

郤桓度沉聲道：「我連你是誰人都不知道，怎能信你？」

白衣男子哈哈一笑道：「你連我公子反也不知道，怪不得竟敢跟我作對了。」

郤桓度心中一懍，果然是公子反。

這人在楚國公子中出名難纏，武功雖然還未能躋身高手之列，但手下卻擁有無數能人異士，跟他纏了起來，也極頭痛；另一方面巫臣的大船接到夏姬會立即開出，若果自己不能及時脫身，全盤妙計將付諸流水，可能還弄出殺身之禍。

一邊想著一邊應道：「我何時和公子作對？」一副理所當然的眞誠模樣。

公子反爲之愕然，他早先得手下報告，知道一衣衫襤褸、滿臉于思的灰衣男子，橫裡將夏姬帶走，直向這邊奔來，現今這蒙面男子確是身穿灰衣，卻不知是否滿臉于思，於是喝道：「那你給我除下臉巾。」

郤桓度毫不遲疑，一手拉下遮臉的汗巾，頰下光淨平滑，哪有半點鬍鬚。

公子反和眾戰士齊齊一愕，郤桓度已貼著身旁的大樹躍起，直往樹頂躥去。

數十聲暴喝在四周響起，立時有十多人同時躍上樹椏，在附近的大樹上阻止郤桓度突圍。

郤桓度升上樹頂，四方八面人影幢幢，他不退反進，手中索鉤閃電迴射，就在掛鉤射回公子反身旁的大樹時，他的身形迅如鬼魅，利用索鉤的拉力，閃電般翻身射向在樹下的公子反。

這時公子反身旁的高手都躍上樹頂，還未弄清楚究竟有何事發生時，郤桓度的銅龍已向公子反擊去。

公子反身旁還留有兩個護衛，見郤桓度凌空擊來，兩柄長劍死命阻擋。

「噹！噹！噹！」一連串金屬交鳴的聲音，兩個護衛打著轉橫跌開去，渾身浴血。這凌空下擊的凌厲，連襄老座下三大高手之一的「飛戟」龍客亦要命喪劍下，這等一般好手，焉能倖免。

四周戰士一齊撲近，刀光劍影，忽地全部靜止，凝固在原地，樹上樹下，二百多凶神惡煞的武士，沒有人再敢動一根指頭。

郤桓度的銅龍劍尖正緊貼公子反的咽喉，洞簫仍在公子反手中。

郤桓度露齒一笑道：「你的簫是用來把玩的吧！」

公子反不知郤桓度的含意，模糊的應了一聲，陣陣寒氣從劍尖透入，他尚是第一次這樣接近死亡。

郤桓度露出神經質的笑容，跟著雙目變得全無表情，看著公子反，像看著一件沒有價值、沒有生命的物件。公子反一陣心悸，自制力終於崩潰，全身抖震起來。

郤桓度是蓄意這樣做，用以給這狂妄自大的公子反一個壓力，見果然奏效，遂淡淡道：「我要你立下毒誓，由這一刻開始，你或你的手下都絕不許干涉我的行動，我就可饒你一死。」

公子反哪敢遲疑，連忙低聲立下毒誓。

郤桓度眼中射出凌厲的光芒道：「我要你當眾大聲立誓。」

這一招極絕，當時的人很重信義，若立誓而不行，會成爲別人鄙視的對象。公子反沒有法子，當眾大聲立下誓言。

郤桓度大笑收劍，施施然從黑衣戰士中穿越而去，公子反始終沒有發出攻擊的命令，臉色當然難看之至。

出林後郤桓度連忙展開身形，一到江邊便暗叫僥倖，原來這時巫臣的巨舟才緩緩開出。

一隊四十多騎的武士旋風般電馳而來，這時巫臣的巨舟早已去遠，在江水下游處剩下一個小黑點。

天色發白，黑夜終於過去。

騎士們奔至沿江的直路，又狂馳了一陣，前面竟是另一條滾滾江流攔斷去路，知道再不能趕上，這才勒住馬頭。戰馬口邊都沾滿了白泡，顯然是趕了很遠的路。

當先一騎坐了一個鐵塔般的大漢，鷹喙似的鼻梁，兩眼凶光暴閃，喉嚨間不斷作響，狂怒非常。正是凶名遠播的襄老。

襄老一聲暴喝，胯下的駿馬人立而起，他獰聲道：「巫臣！我要你家破人亡。」

四十多騎在他身後扇形散開，每人均臉現驚容，他們都深悉暴怒的襄老是可以幹出任何事來的。

襄老道：「給我看龍客滾到甚麼地方去。」

他在盛怒下，仍然發出極爲理性的命令，可見他雖然性格凶暴，卻是個膽大心細的人物，否則有勇無謀，早命喪他人手上了。

立時有手下去四周搜索。

他早先搜查郤桓度的行動，還差一點才完成，所以在接到長街有人打鬥消息時，心中輕視，只派龍客回來調查。直到接得夏姬失蹤的消息，這才知道事態嚴重，連忙趕回，領悟到所謂郤桓度的出現實是調虎離山之計。

這下既丟了美人，又中了敵人狡計，心中的窩囊是不用說了。尤其夏姬似乎是自願隨人而去，對他男性自尊的打擊，沉重處眞的是有苦自家知。

襄老喝道：「程越！」

一名漢子走了出來，垂手道：「程越聽命！」

襄老道：「你立即快馬趕往郲城，傳我之令不惜任何手法，務要阻延巫臣巨舟的行程，一切後果，由我擔當，我等隨後趕來。」

程越接令之後，急率數人上路，轉瞬去遠。

身後位列襄老座下三大高手之一的鄭樨道：「主公，巫臣今次奉有王命出使齊國，我們如要和他正面衝突，必須小心從事，若給人找著把柄，就算令尹也難保得住我們。」

襄老嘿嘿冷笑道：「剛才的線報中，街頭搶奪我小妾的搏鬥裡，其中那劍法超絕的男子，無論衣著、氣度，尤其是手中的特長銅劍，十有九成是郤宛之子無疑。今次巫臣扯上欽犯，看我定將他弄個身敗名裂。」忽地一陣長笑道：「公子反這廢物也來爭逐夏姬，幸好他攔路搶人，引發打鬥，竟是幫了我一個大忙，否則我現在還給蒙在鼓裡呢。」

鄭樨奇道：「不知怎地會把郤桓度牽涉在內？」

襄老哂道：「世事曲折離奇，往往出人意表，這事日後或有水落石出的一天，不用這時來費神。現時當務之急，是要發動沿江的偵察網，一方面追查郤桓度的行蹤，又可避免巫臣半路偕夏姬上岸私逃。只要捉姦在船，任他三頭六臂，也要吃不消。」

襄老愈說愈激動，臉上神色猙獰可怖。

這時龍客的屍體給人扛了回來，眾人心神一震，以龍客的雙戟，居然不能自保。

襄老細細觀察龍客的屍體，面容冷酷，和剛才的暴跳如雷判若兩人，使人感到城府深沉才是他眞正的性格。

襄老抬頭道：「我曾在被郤宛所殺的人屍體上研究郤家劍法，故可以肯定龍客是死於銅龍之下，更由於再無其他類型的傷口，可見龍客是在一對一的決鬥下被郤桓度擊斃的。而雙戟乾淨無血，所以郤桓度應該是一無損傷。」說到這裡，停了下來。

眾人都露出掩不住的驚容。襄老的分析和觀察，竟把當時的情形掌握了個大概。

襄老沉吟不語，他知道他正在追捕的目標，已從一個養尊處優的公子，變成一個狡猾多智的可怕劍手了。

太陽慢慢升起來，照遍了大地。

長江滾滾向東流去，帶走襄老生命上最有意義的美好事物。

襄老把拳握緊，這個在楚國有絕大權勢的凶人，決心把美人奪回。

襄老揚起長鞭，重重打在馬臀上，駿馬狂痛下沿江放開四蹄狂奔，襄老一聲長嘯，令人耳鼓劇震，似乎要藉此發洩心中怨憤。他陷在極度屈辱的情緒裡，決定不惜一切去報復。

身後四十多名劍手齊齊揚鞭，在眾馬嘶叫聲中，踢起滿天塵土，尾隨襄老疾馳而去。

今次若能扳倒巫臣，他們都可以從巫臣龐大的家族土地裡分取利潤。

長江上一時戰雲密佈。

郤桓度一縱身，斜斜插入江水裡。冰冷的江水令他精神一振，他在水底潛行了一會兒，換了兩次氣，來到大江的中心，巫臣的使船「騰蛟」，正以高速向他正面駛來。

船上的巨帆全部迎風而張，在日出前的昏黑裡，破浪滑向下游。

郤桓度揚腕一振，索鉤箭矢般射往船邊的欄杆上，沒有弄出半點聲音，竟是銅鉤上包了布帛。

這索鉤是郤桓度一項絕技，原來他自幼便羨慕飛鳥在空中自由自在地飛翔，他既不能振翼高飛，惟有利用索鉤攀高躍遠，後來更把索鉤融會於武技，想不到這些日子來大派用場，屢屢助他化險爲夷。

再有一刻就天亮了，那時要上船，會很難避開船上巫臣方面的耳目，郤桓度不敢遲疑，猛一用力，飛魚般帶起一陣水花，躍上船面。

郤桓度伸出雙手，剛好抓緊船欄，探頭一望，前面堆放了一堆雜物，雜物後正有兩個人背對著他談話。

郤桓度心中叫苦，不敢妄動，這兩人只要有一人轉頭，他的全盤大計都要告吹了。

其中一人道：「主公今次出使前，早把我們的家小移往國外，所以今趟我們是不會再回來的了。」

另一人道：「我始終不相信以主公的精明厲害，會爲一個女人而放棄在此地的偌大基業。」

早先那人道：「左指揮，你還未曾見過那尤物，見過之後，你就不會那樣說了。」兩人跟著一陣低笑。

那左指揮道：「誠佑！我跟隨主公多年了，他哪一步行動不是可以同時帶來幾方面的利益？近年囊瓦他們勢力迅速膨脹，排除異己，連郤宛也給他扳倒，我們主公朋友遍及國外權貴，地位尊崇，爲甚麼要留在楚國受氣。我看這才是他出走的眞正原因。」

這一番話頭頭是道，那誠佑不住點頭。

郤桓度心中正在咒罵他們，天已開始微亮，他們再不走開，他的處境更加危險了。

就在這時，船身撞上急浪，向兩邊一陣搖擺，船上的貨物發出吱吱的聲音。郤桓度猛一咬牙，翻身便躍上甲板，伏在兩人身後的雜物堆後。

那兩人毫不察覺，再談了一會兒，便走往他處。

郤桓度暗叫僥倖，把掛在船欄的索鉤收起，趁著天還未全亮，向船艙處鼠伏而去，希望避入艙底，找個隱匿的好地方。

巨舟「騰蛟」足有十二丈長、三丈闊，這樣龐大的船，在當時是史無前例的。

暫時總算安全了。

第七章　暗渡陳倉

郤桓度從船側攀船，離進入船內的艙口只有十多步的距離。

天色逐漸發白，郤桓度覷準一個空檔，仗著迅如閃電的身法掠入艙內。

一條梯階向下伸展，丈許下是一個廊道的開端，一條通道在眼前展延，每邊各有三道門戶，總共是六間艙房，過了艙房是另一條側開的階梯，郤桓度心中一喜，知道找到了通往艙底的路徑。

然在這時，背後一陣人聲傳來，由遠而近，郤桓度不再細察，向前衝去，剛到達通往艙底的階梯時，心中叫苦，原來隱隱有人聲從艙底傳出，此路不通。

另一邊通往他置身廊道的梯階頂上，人聲、腳步聲愈來愈大，他估計最少有六、七個人。

郤桓度無可選擇，一手扭向左邊的一扇門，卻推不動，顯然自內被反鎖了。梯階剛響起第一下腳步聲。

郤桓度忙推對面另一道門，也是文風不動，他惟有再試隔鄰的艙室。這次木門應手而開，郤桓度不理室內情形，身形一動，掠了進去，這時艙內已充滿了步落梯階的聲音。

室內空無一人，中間放了一張被絲布覆蓋著的大方几，几的四周放置了十多個蒲團供人坐下，兩邊是兩個大櫃。

郤桓度大叫不好，這分明是個會議室，現在進入艙內的眾人，若是要有任何商議，或會來這裡，那豈不是撞個正著。

門外腳步聲由遠而近，他的估計看來不幸的中了。

會議室貼近船身那一邊開了個窗戶，可見外邊的漫天陽光和沿岸山野。郤桓度一咬牙，決定不從這窗戶逃生。轉身打開左邊的櫃門，裡面放滿竹簡和帛書，哪能藏人？

腳步聲來至門前，他甚至沒有時間試探另外的櫃門，揭起覆蓋著會議大几的絲布，俯身鑽入几下。

四周絲布垂下，這是個「最不安全」的隱蔽地方。

同一時間艙門打了開來，八、九個人的步聲魚貫而入。

郤桓度心中祈求，希望這不是一個冗長的會議。

絲布外各人紛紛坐下，把郤桓度徹底包圍起來。郤桓度幾乎停止了呼吸，絲布外不乏高手，輕微的疏忽也會招來殺身之禍。

一把沉雄的聲音響起道：「今次我們乘坐的『騰蛟』，出於魯國名師公輸班先生的設計，速度勝於他船。我試過由郢都來夏浦，只耗兩日時光，所以不虞敵人跟蹤追趕。」

頓了一頓，可能是觀察各人的反應，續道：「唯一擔心的，就是目下通往郗城這段路。這一段的長江，左彎右曲，若以快馬在陸上奔跑，可先一步抵達郗城，還有時間從容佈置，攔截『騰蛟』。」

在几下的郤桓度認得是巫臣的聲音。

巫臣繼續分析形勢道：「郗城水路的守將是白素功，這人精擅水戰，又是囊瓦方面的人，若全力在江上攔截我們，血戰難免。只要過得這關，向江東直放，在松陽登陸北上，直赴魯宋之地，襄老就算有三頭六臂，也將無奈我何了。」

巫臣又道：「郗城在望，若敵人攔截，各位有何對策？」

另一把聲音響起道：「襄老要在大江上阻止我們前進，一定要借助白素功的水師，所以對白素功實力方面的了解，將成爲今次成敗的關鍵。」

這人說話條理分明，爾雅溫文，似是謀臣那類人物。

這人續道：「在計劃這次行動之初，我曾對白素功的水師做了一番研究，可斷言無論在實力和戰鬥的技術上，我們都不宜和他正面交戰，幸好這次我們是以逃走爲主，以我們這船的速度和設備，大可一展所長。」

另一把雄壯的聲音轟然道：「柏先生可否分析一下敵方的實力佈置，好使末將能因事制宜，定下對付的策略。」

這個人當然是巫臣的手下大將。

柏先生答道：「燕將軍好說，白素功轄下共有七艘大船和百餘艘雙靠槳推動的快艇。大船中只有帥船『飛楚』和戰船『燕翔』的性能和速度勉強可以跟得上我們的『騰蛟』，縱或未到相埒的界線，但已所差無幾。」

巫臣的聲音又在室內響起道：「這樣看來，我們處在非常惡劣的形勢，但敵方不及的地方，就是我們這裡有位操舟的妙手祁老謀，這一著必大出敵人意料之外。」

一個人連忙出言謙讓一番，當然是那祁老謀了，只聽他道：「巫先生於我祁老謀有大恩，又長期令我和家人富貴榮華，不要說這是本分的事，就算赴湯蹈火，老謀也在所不辭。」

大家又是一番客氣說話。

郤桓度暗忖這巫臣眞是老謀深算，早就廣攬人才，所以現今敢大膽挑戰襄老，虎口拔牙，心底也不由佩服。想起父親生性耿直，不懂陰謀詭計，致爲人所乘，眞是要切戒。

這些日子來的所見所遇，令郤桓度在很多方面都起了變化。

祁老謀續道：「老謀對整條大江的水流，在不同的地方、時間和天氣的變化下，每種情況均瞭如指掌，所以今次『騰蛟』駛進郝城的水域時，恰好是傍晚水流最湍急的時分，並不利於攔截；況且我還有幾手絕活，敢說天下無人可以化解，唯一擔心的，就是敵人可以快艇載人強搶上船，這一著就要燕將軍去操心了。」

燕將軍答道：「這個包在末將身上。」聲音透露出強烈的自信。

另一位從未說過話的人道：「我反而擔心襄老和他座下的高手。襄老除了慘死的郤宛和他的主子囊瓦外，在楚地還無人能制。他手下又盡非易與之輩，若給他們藉快艇搶上船來，眞是勝負難料呢。」

眾人一陣沉默，顯然都不知道應如何對付這可能發生的局面。

巫臣哈哈一笑道：「襄老上船，就交由我對付，其他的人，則要勞煩各位了。」

眾手下一齊轟然應諾。更知道這是巫臣不想士氣低沉而說的話。他們都是身經百戰的戰士，不會輕易沮喪，惟有見步行步了。

巫臣又說了一番論功行賞的勉勵話語，這才散去。霎時整間會議室只剩下躲在几底的郤桓度，他還不敢貿然而出，若有人重返會議室，就要前功盡廢了。

突然有聲音從鄰房傳入耳內，雖被厚實的木板隔開，細不可聞，但郤桓度的聽覺何等靈敏，運起守心之術，鄰房微不可覺的聲音便在他極度專注下，一點一滴的收入他的聽覺網上。

一陣奇怪的衣衫摩擦聲音傳來，良久才停止，巫臣的聲音響起道：「過了郕城之後，我們要好好親熱一下。」

郤桓度恍然怪不得推不動那道艙門，原來是夏姬在內。心中同時升起一道妒火和莫名的痛苦，他知道這等形勢下，他已失去爭奪夏姬的資格。

夏姬一陣沉默，不作一言。

巫臣聲音帶點不滿道：「為甚麼在樹林救回你之後一直鬱鬱不歡，有時又長嗟短歎？」

郤桓度心下大快，暗忖巫臣你雖然可以恣意享用她的身體，她的心卻依然是我郤桓度的私有財產。另一方面又暗駭巫臣必從而推斷出是他郤桓度令夏姬生出這樣的變化。男人嫉恨起來，不可理喻，夏姬想也不會好受。

夏姬幽幽一歎道：「我令你冒上如此大的風險，於心不安。」

郤桓度心內大聲叫絕，至此完全為夏姬放下心來。

想起夏姬飽歷滄桑，應付男人經驗的老到，不在話下。想到這裡，很不是滋味，惟有希望自己是與眾不同的一個。

這時忽聽到巫臣提起他的名字，又將他從愛恨交集的情緒裡，扯回到現實來。

巫臣的聲音傳來道：「他應是自顧不暇，怎會拔刀相助？唯一的解釋是他希望襄老在盛怒之下全力對付我，方便他乘隙逃遁，但他怎能洞悉我們的全盤計劃？」

這些問題對這素負智名的楚國大臣造成很大的困擾，可也無法獲得答案。

巫臣又說了一會兒甜言蜜語，道：「我還要在議事廳工作一段時間，你好好休息吧，睡醒時，應是身在安全地帶了。」

郤桓度魂飛魄散，若待他眞的回來會議室工作上幾個時辰，就算不發現他，累也可把他累死，忙覓謀脫身之計。

鄰房傳來開門的聲音，眼看連逃走也來不及時，幸好夏姬的吸引力強大，巫臣忍不住又在門邊講了幾句。

郤桓度連忙從几底鑽了出來，略略舒展筋骨，一把取出掛鉤，決意冒險從向外的小窗離去。

隔壁傳來閉門的聲音，腳步聲果然轉移過來，在會議室的門前停下。

郤桓度不再猶豫，閃電掠向窗前，上身俯出窗外，身上索鉤電射往夏姬歇息鄰房的窗邊。銅鉤才掛在窗沿，郤桓度再沒有時間試驗，整個身體飛出窗外。

他的身形才消失在窗外，巫臣正好推門進來，他心中還陶醉在夏姬的音容裡，一點不知情敵剛離去。

郤桓度斜斜地側飛往夏姬房間的窗戶，整個身體靠索鉤之力垂吊著，緊貼船身，掛在窗下六尺許處，離江面有七、八尺，不上不下。

他不敢弄出任何聲音，怕船上的人發覺，幸好這個角度，除非船上有人俯首查看船身，否則一時難以察覺。當然在這大白天陽光普照下，這樣的怪象是絕對不能久持的。

他雙手微一用力，身子登時升到窗的下沿。探頭一看，連忙又把頭縮下，原來他看見夏姬修長婀娜的美好身形，正背著他而立，不由心中一陣狂跳。

再探頭一看，又嚇了一跳，原來夏姬剛轉過頭來，臉上似乎有點淚痕。他急忙縮低，在這樣的情形下，夏姬若驟見窗外有人頭出現，不失聲驚叫才大大稀奇。

房內一陣輕盈熟悉的步聲傳來，郤桓度大叫此番休矣，原來夏姬一直向窗戶走來。

夏姬來到窗前，把手肘枕在窗沿，玉手輕托著下頷，痴痴地望向窗外，臉上果然滿佈淚痕，在太陽下閃閃生光。她兩眼雖然望著外邊的風光，但神思飛越，顯然視而不見，另有所思。

郤桓度是第一次在白天下見到夏姬，從下望上去，夏姬的俏臉有若冰雪般晶瑩，白裡透出粉紅，充滿青春的生命力；她的輪廓極美，而且顯出她溫柔可人中帶著堅強和野性的性格；這樣動人的美女，卻給命運安排了如此的一條道路，眞是造化弄人。

夏姬對郤桓度的存在懵然不覺，口中忽然喃喃道：「郤桓度！郤桓度！」

郤桓度這一次的驚嚇更大，幾乎鬆手跌落江中，立時醒悟到夏姬正在思念自己，情濃處不自禁呼喚自己的名字。

郤桓度再忍不住，甚麼逃走大計完全拋諸腦後，整個人躍起至窗前，和夏姬嚇得目定口呆的俏臉只差兩寸，在夏姬張口呼叫前，他的唇封住了夏姬豐潤的櫻唇。

郤桓度心下大快，心想也讓你受回一次驚嚇，這才算是扯平。其實他內心暗恨夏姬和巫臣親熱，但又有氣不能出，造成他不能解釋的心態。

郤桓度恣意享受，夏姬的櫻唇更爲濕潤，身子發起熱來，這下突如其來的變化，使她進入神魂撩亂的狂喜境界。

鄰房傳來一陣筮竹相碰的聲音，郤桓度略微清醒，這才省起自己上半身伸了入窗內，還有下半身在窗外，隨時有被人發覺的危險。

他離開了夏姬的紅唇，當然不敢發出任何聲音，以手示意夏姬讓出空位。

夏姬依依不捨地把上身從郤桓度處移開，郤桓度不見如何動作，靈巧地從窗外躍了進來，全無半點聲息。

兩個肉體又再緊緊摟在一起，彼此死擠死壓，但卻不敢弄出任何聲音。這反而給他們帶來偷情的高度刺激，轉眼兩人都慾火高漲。

第二陣筮竹的聲音傳來，巫臣正在問卜，不問可知表示了他對前途的擔憂。也好像在提醒鄰房正抵死纏綿的男女，在命運的渺不可測下，應該把握現在，及時行樂。

郤桓度一對手滑入了夏姬的衣服內，恣無忌憚地巡遊，他心中狂叫，無論怎樣，這一刻她是我的，我一定要佔有她。

夏姬的美麗臉孔顯露出極度的興奮和歡樂，她的小口不斷張開，卻強忍著不發出任何聲響，等待著侵體那一剎那的來臨。在她一生裡，這是她第一次真正享受到兩性的狂歡，艙房內春色無邊。

第八章　大江戰雲

巫臣數著手中的蓍草，坎下艮上，正是山水蒙卦。蒙，昧也。以坎遇艮。艮止於外，坎水在內。內既險陷不安，外又行之不去，莫知所在。

巫臣嘴角牽出一絲苦笑。

口中喃喃道：「山下有險。」

原來蒙分上下兩卦，上卦是艮爲山，下卦爲水爲險阻，所以說山下有險。所謂退落下卦則困於其險，進於上卦則阻於其山，一籌莫展。

唯一的生機，就是上九爻動，化作地水師。

上九擊蒙，不利爲寇，利御冠。

這是九死一生之象。

夜幕低垂。

密雲。

大江一片漆黑。

「騰蛟」全無燈火，順著江流以高速前進，風勢強勁，所有的革帆均高張半空。

祁老謀不負所託，對天時、水流的把握，教人拍案叫絕。

巫臣和一眾高手集中船頭，夜風吹得他們的衣服獵獵作響。

船上百名家將全是最精銳的戰士，每個人都進入戰鬥的位置，蓄勢以待。革製的護盾，佈滿船沿的四周，以應付敵人的強弓硬矢。他們人數不多，實力卻不可輕視。

在江流的遠處，露出了幾點燈火，郢城在望。

下游近處一片漆黑，除了偶爾見有靠岸的漁舟，便全無動靜。

這現象有點反常，際此漁舟作息的時分，大江怎會不見舟火？

就在這剎那，下游里許處燈火大明，兩艘巨舟並排在江心出現。

兩岸又馳出百多艘快艇，扇形地從下游逆流而來。

敵人的兩艘巨舟傳來陣陣戰鼓，殺氣騰騰，聲勢奪人。

「騰蛟」剎那間陷入敵人的重重圍截裡。

巫臣的手下有人失聲道：「『燕翔』、『飛楚』！」

正是白素功轄下最精銳的水師，可見敵人是志在必得。

巫臣不得不暗讚敵人這一手確是漂亮，唯一欣慰的，就是儘管襄老膽大包天，也不敢以火箭毀去「騰蛟」，因爲這是代表楚國的使船，也是楚王的座駕舟。

巫臣和一眾高手面容不改，他們久經戰陣，怎會被這聲勢嚇倒，反而事到臨頭，更見從容。

「飛楚」和「燕翔」迎面緩緩駛來，迅速接近以高速向它們衝奔下去的「騰蛟」。

巫臣沉聲指揮道：「小心他們的鉤索！」

若給他們逼近五丈之內，將會被敵人以鉤索硬生生扯近，再強搶上船。

白素功不愧水路名將，一出手便使巫臣陷於險境。

下游上來的快艇速度快於「飛楚」和「燕翔」，忽兒間迫至十五丈內。

形勢一髮千鈞。

「騰蛟」驀地響起一片鼓聲，在船身底部近水的兩邊，每邊打開了一條長方形的隙縫，各伸出一排二十枝長槳，有力地以同一節奏划動，船速加倍。

船帆移轉，以高速美妙地拐了一個彎，避過江心的兩艘巨舟，在貼近岸邊處逸去，事起突然，一連撞翻了多艘迎面而來的快艇。

燕將軍一聲令下，船上弓箭齊發，向敵人的快艇射去，敵人紛紛中箭落水。

巫臣暗忖這個公輸班的設計，配合祁老謀天下無雙的操舟之術，一定大出白素功意料之外，不知他會如何應付。

「騰蛟」拐彎時的巨浪，又把敵人的快艇弄翻了幾艘，「飛楚」和「燕翔」給拋在船後。戰鼓再響起，「飛楚」和「燕翔」掉頭追來。

白素功立在「飛楚」的船頭，神情從容。站在他身旁的襄老卻是面目猙獰，咬牙切齒。他發誓若得回夏姬，一定以所有方法來肆意淫辱她。

白素功身形高挺，面目陰沉，嘿嘿笑道：「申公巫臣這艘『騰蛟』的控縱，確令本將眼界大開，水流、風力和人力的巧妙配合，把船速擴展至極限，末將欽佩之至。」

他口中說著欽佩，臉上卻無半點表情，令人不知他心內的意向。

襄老眉頭一皺道：「現下和『騰蛟』的距離愈拉愈開，難道就這樣束手無策，看著它在眼前逸去？」語氣間流露不滿。

白素功仰天長笑道：「襄兄也太過小覷於我，這郗城水域是我地頭，敵人要走便走，我白素功顏面何存？我一定能把襄兄送上敵船，那時要看你的手段了。」

襄老大喜，兩眼凶光暴射，心想楚域之內，郤宛已死，還有誰能擋得住自己手中寶劍。

襄老狂笑起來，聲音震盪江流之上，得意萬狀。

白素功續道：「一刻之後敵船抵達二龍頭，該處江底特淺，水流更急，又多亂石，任何舟船經過該地，必須減慢速度，否則船破人亡。」

襄老訝道：「敵人要減慢速度，我們難道能例外嗎？」

白素功眼中精芒電閃，露出得意神色道：「就是針對這點，我設計了一種以藥物製煉皮革造成的尖形艇，可在短時間內不怕水侵，船身輕巧扁平，在急流上衝馳，快逾奔馬，保證巫臣插翼難飛。」又是一陣長笑。

襄老道：「革船可坐多少人？」

白素功道：「這是美中不足處，每艘革船只可乘坐兩人，加以製作困難，到目前為止，總共製成二十艘，僅可供四十人乘坐。」

襄老慨然道：「我手下無一不是高手，可以一擋十，十艘革艇，足夠有餘。」

白素功嘴角露出陰險的笑意，若能扳倒申公巫臣，抄了他的家，他的得益將是驚人之至。

「騰蛟」忽地燃亮了船頭的燈火，直向二龍頭的亂石急流駛去，一陣鼓聲，主帆降下，大船速度減慢下來。

若非祁老謀洞悉這裡的水流形勢，在如此黑夜強行搶過，無疑自殺。但舟速果如白素功所料，減了最少一半。

巫臣這時和手下轉到船尾，每一個人都仍然處在高度的戒備下。

「飛楚」和「燕翔」的燈火愈來愈小，大家的距離拉得更遠。

「騰蛟」緩緩進入二龍頭，兩邊的山崖特別陡峭，有如抵達鬼域。

巫臣忽地一聲驚呼：「不好！」

眾人極目上游，一起臉色大變。

十多艘形狀尖長的小艇，每艇兩人，在上游以驚人的高速追來。

燕將軍大喝一聲：「放箭！」

「騰蛟」霎時間射出滿天勁矢，紛紛向追來的小艇灑落。

這次艇上盡是楚地的一流高手，輕易將來箭擋開。

巫臣等齊齊取出兵劍，他們最擔心的情形快將出現。唯一可慰的，就是己方人數佔壓倒性的優勢，若能制住襄老，便可穩勝這場仗。

惡戰難免！

襄老大喝一聲，一馬當先，箭矢般閃電彈往「騰蛟」，巫臣等無不駭然，想不到他神勇至此。還未定過神來，襄老鐵塔般的身形已搶入巫臣手下之中，兩顆斗大的人頭，和著鮮血，飛上半空。人頭還未著地，襄老右劍又貫穿了另兩人的胸背，左手的鐵拳擊碎了一人的頭骨。

巫臣和燕將軍齊聲叱喝，一人提劍，一人提斧，雙雙趕上。

襄老又殺了幾人，鮮血染滿他名震楚地的長劍，有如虎入羊群。這時巫臣的劍由後面攻來，燕將軍的斧由左側攻到。

襄老一聲長嘯，高大威猛的身形，若如狸貓般的輕巧，一閃身，避過了兩人凌厲的攻勢，橫移到船的另一側，巫臣手下精鋭再紛紛濺血倒下，竟然沒有人可以使他慢下一線，擋他片刻。

這情景非常奇怪，巫臣和燕將軍的劍斧離開襄老只有半尺的距離，但在襄老鬼魅般的身法下，這半尺卻像一道永不可以逾越的鴻溝，可望而不可即。

襄老再殺一人，忽地躍起往大船的主桅，雙腳在桅上一撐，整個人閃電般彈回來，手中長劍分攻巫臣和燕將軍。

兵鐵交鳴的聲音大震，巫臣和燕將軍齊向兩側踉蹌跌退，襄老這兩劍力逾千鈞，兩人都給震得血氣浮動，燕將軍功力較遜，虎口滲出鮮血。

襄老終於站定了身形，鐵塔般立在兩人面前，面容不見一絲喜怒哀樂。

巫臣和燕將軍兩人的心直向下沉，襄老的武功比傳說中還驚人，果然不愧為楚國四大劍手之一。由此推之，囊瓦的武功眞是令人難以想像。

襄老的人紛紛躍上「騰蛟」，正在展開混戰。巫臣方面人數佔優，穩居上風。勝負現在繫於襄老身上。

襄老望望飽飲鮮血的長劍，仰天一陣獰笑，快慰無匹，笑聲忽然而止，緩緩望向巫臣，輕視地道：「那賤貨夠不夠騷？」

說完眼中射出嫉恨的光芒，長劍一閃，刺到巫臣的胸前。

燕將軍大喝一聲，大斧死命劈去，奮不顧身。

襄老一邊展開快劍，硬攻進巫臣的劍影裡，迫得他連連後退，巫臣被襄老威猛的劍擊，震得口鼻都溢出血來。另一方面襄老以左手施出一套掌法，每一下都拍在巨斧身上，化解了燕將軍狀若瘋虎的攻勢，兩大高手，竟給他戲弄於股掌之上。

襄老賣個假身，燕將軍一斧劈空，便知不妙，剛想變招，襄老左腳無聲無息地當胸踢來，燕將軍慘叫一聲，口中鮮血狂噴，側跌出丈許開外。

巫臣壓力大增，眼前盡是劍影，也不知誰虛誰實，手腕忽地劇痛，長劍墜地。

巫臣暗叫一聲，我命休矣！

耳中忽聞襄老一聲驚呼，一連串兵鐵交鳴的聲音，兩團劍光乍合倏分。一邊是襄老，一邊是一名軒昂的青年男子，兩人雙劍遙指對方，殺氣瀰漫，眞力激起的氣旋，巫臣雖在兩丈開外，仍感呼吸困難。

襄老臉上首次露出愼重的神色，沉聲道：「郤桓度！」

他從銅龍和劍法上認出對方的身分。

郤桓度一陣長笑，充滿強烈的信心，嘲弄道：「郤家劍法下的敗將，何足言勇。」

襄老面容不改道：「也好，兩件事一起解決。」手中寒芒一閃，長劍連續向郤桓度急刺。

郤桓度施展渾身解數，不守反攻，兩柄長劍在半空中閃電交擊，卻不聞半點撞擊聲音，原來兩人都刺向對方劍芒間的空隙，一擊不中立即變招再刺，所以雖是漫天鋒芒，卻沒有相碰的機會，這一下兩人交鋒，又比先前更爲凶險。

兩人齊齊低喝，倏地分開，郤桓度左肩鮮血飛濺，襄老額上打橫現出一道三寸的血痕，鮮紅的血緩緩流下，形狀可怖。

乍看似乎襄老的傷勢較重，但郤桓度心裡有數，剛才他刺上襄老前額，滿以爲可以一舉斃敵，哪知襄老忽地橫移，自己長劍只能在他額上拖出一道血痕，僅是皮外傷，反而自己左肩一劍深近骨骼，雖未傷及筋絡，對行動卻有一定的影響，吃了暗虧。

襄老豈容敵人喘息，長劍又迅疾攻去。

郤桓度身形急退，忽地翻身躍起，斜斜沖上半空，向主桅上掠去。

襄老飛身撲上，長劍直插向郤桓度後背。心中獰笑，只要郤桓度縱躍的力道一盡，就是他命喪的時刻。

在半空的郤桓度手中飛出索鉤，光影一閃，深入主桅之內，借著索鉤之力，速度不減反增，陀螺般繞著主桅轉了一圈，長劍化作寒芒，直向尾隨追上半空的襄老擊去。

這一擊蓄有雷霆萬鈞的力量，襄老猝不及防，臉色大變，他也是極端了得，長劍全力擊出。

一下驚天動地的金鐵交鳴中，襄老左肩濺血，倒跌回船上，郤桓度也被這一震之力，撞得反方向飛回，以剛才相反的旋轉軌道轉了回去。

襄老腳一著地，踉蹌向後倒退，虎口染滿鮮血，郤桓度又借回旋之力，凌空向他攻到。

襄老左手一拳打在郤桓度攻來的劍身上，郤桓度全身一震，長劍幾乎脫手飛出，這襄老天生異稟，居然還有這樣的反擊力量。剛想後退，襄老的右腳，趁他長劍盪開的剎那，當空撐來。這人全身上下，無不是驚人的武器。

郤桓度左掌一切，劈在他踢來的腳上，只覺如砍精銅，大叫不妙，已給他撐在胸前。

郤桓度一口鮮血噴出，向後急退，這時他正在進入艙底的梯階前，順勢直滾而下。還好他剛才一劈，化去了襄老大半力度，又藉噴出鮮血減輕內傷，可是剛佔到的優勢，已在這一腳下冰消瓦解。

血戰至此，兩人無不負傷。

襄老如影附形，閃電撲入艙內。

他撲下梯階，剛好見到郤桓度閃入了左邊第二間艙房。襄老沒有絲毫延誤，緊追而至，艙門已經關閉，襄老一腳把門踢開，大門連著門框飛出，房內空無一人，只有一張大几，和七、八個放在四周的蒲團。

郤桓度撲入會議室後，立即利用索鉤從窗戶躍過另一邊房間，再從房門衝出廊道，剛好襄老也閃出房間，背向著他。

郤桓度知道襄老可能誤以為他已從窗戶躍入江水逃生，這時襄老正背著他，這等良機，如何肯放棄，一挺長劍，無聲無息向他背後迅速刺去。

銅龍離襄老還有半丈許時，襄老雙肩不見絲毫動靜，反身倒躍而起，長劍的劍尖剛好猛撞上郤桓度的劍尖。

這一下較量毫不含糊，郤桓度倒跌回落艙的梯階下，襄老在地上打一個滾，倏地站了起來，長劍遙指郤桓度。

郤桓度背脊借撞上梯階的力度，反彈而起，長劍反指襄老。

血戰到了決定性的階段。

廊道內殺氣騰騰，兩人的眼耳口鼻都溢出了鮮血，形狀淒厲，慘烈處勝比千軍萬馬浴血沙場。

就在這充滿男性陽剛的血和力裡，一把嬌美的聲音在襄老背後響起，呼喚道：「襄老！」

襄老全身一震。

郤桓度受氣機牽引，就在襄老這心神微分下，長嘯一聲，銅龍有如天上神兵，化作一道長虹，飛越廊道，筆直向襄老擊去。

襄老大驚失色，長劍拚命封架。

血光乍現，襄老長劍噹啷墜地，這凶人大叫一聲，側身撞入會議室內，「蓬」的一聲硬把艙壁撞毀，連著滿天大小木塊，往黑沉沉的江流墜去。

郤桓度全身力竭，坐倒地上。

郤桓度緩緩醒轉，全身火辣辣的疼痛，胸口滯壓，模糊裡感到有人正在給自己換藥，又昏睡過去。

再醒來已是黃昏時分，守在旁邊的人立即通知巫臣。

巫臣身上也敷了藥，臉色蒼白，精神卻不錯。

巫臣眼中光芒隱現，很仔細地觀察郤桓度的臉色，也不知心裡想著甚麼。

郤桓度坦然直視巫臣，他知道兩人關係微妙，障礙便是夏姬，這女人隨時可令兩人反目相向，只要能消除巫臣對他的懷疑，兩人在共同對付敵人這一背景下，相交是有利無害。所以郤桓度才裝出胸懷坦蕩的模樣。

巫臣臉色稍霽，他剛才直視郤桓度，的確有試探的含意，他經驗老到，深諳觀人之術，這對一個外交的專才是最基本的修養，若郤桓度心中有鬼，猝不及防下，會下意識的躲避他的直視。

巫臣道：「郤公子，你這一睡足有三日，幸好我精通醫術，否則你還不能這樣快回醒，步入復元的階段。」

郤桓度道：「郤公子之稱，實在愧不敢當，郤某家破人亡，急急如亡命之犬，天下雖大，卻無容身之所。」

頓了一頓又道：「夏姬姑娘怎樣了，我昏倒前似乎看到她向我走來的。」說時臉上現出迷醉神情。

巫臣反而解開心下死結，若果郤桓度和夏姬兩人有私，郤桓度自應盡量避免觸及夏姬方面的問題，而他臉現迷醉的神色，正是每一個初次見她的男人對她的自然反應，巫臣怎會不知。這一來兩人反大見融洽。

巫臣道：「公子人中之龍，一時失意，自有東山再起之日。三日前那一戰，連裏老也給你殺得丟劍負傷，僅免身死，定可名震諸國！這等劍術，何處天下無容身之地。不如隨我同往晉國，我與晉國公卿范獻子分屬至交，定可保公子受到重用。」

郤桓度從床上緩緩坐起，道：「申公提議，郤某銘記心頭。實不相瞞，我看晉國公卿權力過大，有喧賓奪主之勢，國力四分五裂，名義爲北方諸國的盟主，卻是外強中乾，分裂應是早晚間事。郤某矢志報滅家之恨，晉國實非理想之地。」

郤桓度這一番話聽得巫臣直點頭，暗忖這小子高瞻遠矚，灼有見地，楚國樹此強敵，異日必有大患。

巫臣道：「如此我不再相強，只不知公子有何打算？」

郤桓度心道，我之不想和你一同赴晉，還有一個原因是避開夏姬，否則妒火中燒，日子如何度過？一邊答道：「抵達松陽後，我便下舟北上，異日有緣，再作相見。」

巫臣欣然答應。

第九章　巧得兵書

郤桓度在山野間疾走。兩日前他在松陽告別了巫臣，棄舟登陸，爲了避開囊瓦的追兵，專揀荒山小路奔馳，一心直赴魯宋等地。

魯國和宋國在當時國小力弱，但文化的發展，卻是諸國之冠。

郤桓度的內傷還未痊癒，尤其中了襄老一腳，這一陣急行，胸口發悶，隱隱作痛。

下山途中，遠處升起炊煙，看來是個村莊。就在這時天上烏雲疾走，不一會兒嘩啦啦山雨劈臉打來。

郤桓度冒雨向著附近山村的方向走去，全身濕透，忽地一陣寒意直襲全身，激靈靈打了個冷顫。

郤桓度大叫不好，知道內傷被寒氣引發，這對練武的人最是大忌，重則全身癱瘓，輕亦功力大減。但這時四周全無避雨的地方，又模模糊糊走了一陣，腦筋愈來愈昏沉，到後來連雨水也感覺不到，只知全身乍寒乍熱，終於一頭栽倒。

郤桓度回復知覺時，已身在一個農舍的當中，眼中看到兩個人影，一高一矮。眼皮有若千斤重擔，復又閉上。

一把老人的聲音道：「墨先生！我和內子今早在離這裡兩里的白石崗發現他時，他已昏迷不醒了。」

另一把低沉但悅耳的聲音道：「這人先受內傷，後被寒氣入侵經脈，我盡力而為吧！」

兩人似乎再說了一些話，但郤桓度又沉沉睡去。

此後郤桓度迷糊中服藥、敷藥，有時在黃昏醒來，有時在深夜醒來，每次都見到一對好心的祝姓老夫婦殷勤安慰著他。早先那個墨先生，再沒有出現。

終於在一個清晨時分，郤桓度神智完全清醒過來，但身體仍是非常虛弱。

那對老夫婦大喜，好像比他們自己康復更為開心。

郤桓度一邊吃著祝老太太為他預備的稀粥，一邊忍不住好奇問道：「祝老丈！我記得最初有位墨先生來給我治病，不知他現下為何不來了？」

祝老丈咧嘴一笑，露出鄉間純樸的農民本質，答道：「難為你還記得他。也是你走運，這墨先生甚麼也曉得。」說到這裡豎起隻大拇指，續道：「他是新近才在望風坡處親手搭了間茅寮居住。」又數了一輪手指才道：「到現在住了兩個月，他間中來村裡，有人生病他便會熱心治療，眞是藥到病除，卻從不收費，眞是天大的好人。」

郤桓度把粥緩緩喝下，心中一片溫暖，只覺這以往不屑一顧的粗粥，實在是天下極品。兩日後他已可起床行走，全身氣脈暢順，功力無損，只要操練上一段時間，應可回復平日的水平。

他心下詫異，他這種寒熱交侵引起的內傷最是難醫，這墨先生不知是何人，竟有這樣的回天妙手，所以山澤間每多奇人異士，人外有人，天外有天。

翌日清晨，郤桓度問明了路途，向墨先生的茅舍走去。

一路行來，山巒起伏，景色秀麗，山路迂迴，美景層出不窮，各有勝場，一股寧靜清逸充溢在郤桓度的心頭。若非身負血仇，定必在此小住一年半載。想起若能偕夏姬退隱此地，甚麼劍術功名也棄不足惜，想到這裡，心下隱隱作痛。

茅寮築在一處山坡之上，可遠眺附近廣闊的河山，郤桓度見只是這寮屋的地點選擇，大有學問，足見其人胸襟廣闊。

來到茅寮前，郤桓度感到屋內無人，他循例呼喚了兩聲，見無人回應，輕輕推門，木門應手而開，裡面除了樹幹做成的一几一榻，和掛在牆上的一些野葛，再無他物。

郤桓度暗忖這人生活的清苦淡泊，非是一般人所能想像。

他不敢冒昧入屋，反身走出，腦海中卻清楚浮現出屋內的一桌一椅，造型簡單實用，樸而不華，但卻給人匠心獨運的感覺。

這是非常奇怪的，因爲一般情形下，只有精巧華麗的東西，才會給人巧奪天工的印象。但偏是剛才室內似乎粗糙之極的一几一榻，甚至整間外表毫不起眼的茅寮，細看下都給人一種「巧」的感覺，一種大巧若拙的境界。

郤桓度心下震駭，他精擅劍術，深知大凡宇宙間任何東西，到了某一層次都有共通的境界。劍術最難是以拙勝巧，看了這墨先生做出來的屋和几榻，令他有悟於心。

一個寬大平和的聲音在他左側響起道：「郤小兄復元得非常快。」

郤桓度全身一震，轉首側望，一個粗衣赤腳的高大男子，立在兩丈之外。這人來到這樣近的距離，郤桓度仍不察覺，心下自然驚駭。

這人年約四十，面容厚樸古拙，天庭廣闊，一對眼睛深如大海，露出智慧的光芒。雙手特別厚大，有如慣於苦行的模樣。

郤桓度躬身爲禮道：「郤某蒙難受傷，得墨先生仗義施以妙手，特來致謝。」

那墨先生淡淡一笑道：「我墨翟一生奔波各地，這些日子來正思索著一兩個問題，所以在此結廬而居，湊巧碰上你之事，也算有緣。」

郤桓度道：「先生世外高人，郤某有幸遇上。」

墨翟道：「非也非也！本來我見你身負寶劍，劍身血痕隱現，實不想救你，但見你一臉正氣，正值盛年，又感可惜，所以異日你若持劍爲惡，我必親手取你性命。」

這幾句說話毫不客氣，但這墨翟說出來自然有一種威嚴氣度，令人覺得這是理所當然的事。

郤桓度心內升起一股怒火，旋又壓下。他出身富貴，心高氣傲，忍不住道：「郤某自問每一次出手殺人，都是爲了自保，這世上弱肉強食，如不能持劍衛道，怎對得住天下蒼生？」

墨翟淡淡一笑，郤桓度覺得這人渾身上下都給人有樸拙無華的感覺，甚至一言一笑，均寬大平和，沒有過激的神態。

墨翟深深地望著郤桓度，郤桓度也毫不示弱地回望，只見他的眼光若如兩盞明燈，照見郤桓度內心一切的憂傷喜樂。

墨翟道：「郤兄你若能眞的持劍衛道，確是可喜可賀。可是每一個人都有他的標準和道理，所以大國的道，便成爲他們侵略小國的藉口；大家族的道，便成爲欺凌小家族的理由。強者智者之壓迫愚者，人與人的衝突，實在於每一個人都是不同的個體，有不同的標準和道理。」

頓了一頓，墨翟續道：「現今諸國高舉的所謂禮義，其實充滿了矛盾、愚昧和自尋煩惱，禮義與野人蠻族……其實只是五十步和一百步的分別。」

郤桓度自幼生長於貴族世家，一向以來都信奉禮義的重要。所謂君臣父子倫常之道，不禁出言反駁道：「禮義乃現今社會一切秩序的來源，若無禮義，我們不是返回禽獸的境界？」

墨翟正容道：「所謂禮義是甚麼東西？爲甚麼殘殺一個人是死罪，而在侵略的戰爭中殘殺成千上萬的人卻被獎賞？甚至歌頌？爲甚麼掠奪別人的寶物雞犬叫作盜賊，而攫奪別人的城邑國家者，卻叫作名將元勳？」

郤桓度陷入沉思中，這均是確確實實自有歷史以來，每天都在發生的事情，但卻像呼吸那樣自然，從無人提出來質疑。

墨翟繼續道：「爲甚麼大多數的民眾要節衣縮食，甚至死於飢寒，以供統治者窮奢極欲？爲甚麼不管其子孫如何凶殘，統治的權柄要由一個家族世代延續下去？爲甚麼一個貴人死了，要把活人殺了來陪葬？爲甚麼一條死屍的打發，要使貴室匱乏，庶人傾家？爲甚麼一個人死了，他的子孫在三年內要裝成哀毀骨立的樣子，叫作守喪？這一切道德禮俗，爲的是甚麼？」

郤桓度沉吟不語，良久才道：「先生所言，發人深省。」

心想這些問題使人頭昏腦脹，非是一時間能理解分析，話題一轉問道：「先生初見郤某時，如何知道郤某姓氏？」

原來他一直沒有告訴祝姓夫婦他的眞實姓名，所以忍不住出言詢問。

墨翟仰天一笑，第一次表現了豪雄之氣，道：「要管天下事，必須先知天下事，公子現下名動荊楚，在楚國令尹的魔爪下，仍能縱橫無忌，我怎可不知？」頓了一頓又道：「囊瓦現在邊界佈下天羅地網，公子若要潛離楚境，還須一番轉折。」

郤桓度覺得這墨翟一方面充滿哲人的智慧，兼又神通廣大，行事出人意表，莫測高深，心下不由生出敬服之心。

墨翟道：「囊瓦為禍天下，我理應助你一臂之力，從這裡往西行直抵黃寧山，再折向北行，步行三日可到東陵，那處山巒重疊，儘管囊瓦三頭六臂，勢力也不能處處保持同樣強大，可保公子安全逸去。」

郤桓度一聽便知可行，連忙稱謝。兩人又談了一會兒，郤桓度才告辭而去。

第二天，郤桓度來訪時，墨翟已人去屋空，郤桓度不禁心下惘然，這等特立獨行之士，的確令人景仰。

郤桓度又在該地住了十多日，直到完全復元，這才依墨翟之言離開楚地。

郤桓度這一病，恰好讓他避過一劫。原來囊瓦盡遣高手，誓要將郤桓度擒殺，但郤桓度延遲了出境的時間，讓囊瓦的人空等一場，白白進行了十多日的大搜索，卻徒勞無功。

可見世事塞翁失馬，禍福難料。

經過了十多日不停奔馳，郤桓度終於遠離楚國，抵達宋國的大邑睢陽。

睢陽在睢水之北，交通便利，因地向河谷，土壤肥沃，是宋國的首府。國君的宮殿、台榭、苑囿、倉廩、府庫、諸神廟、祀土神的社、祀穀神的稷、卿大夫的邸第和給外國使臣居住的客館，這些建築都集中在城中央，外面環著民家和墟市。

睢陽城的墟市在廓門的大道旁，廓門外是護城河，依賴一條吊橋以供出入，入口處是一道可以升降的懸門，日間有人把守，夜間關閉。

郤桓度來至廓門，納了入城的稅錢，才可以進入城內。這等過門課稅的慣例，是當時國君的一大筆收入。

進城後，車水馬龍，非常繁盛熱鬧，行人「金玉其車，文錯其服」。這處地近魯國，魯國以巧匠著名當世，所以這裡的刺繡車製，多由魯國輸入，極為精緻，郤桓度眼界大開，心情較為舒暢。滅家毀族之恨，讓愛給巫臣之苦，亡命之勞，無處容身之痛，都暫且拋於腦後。

郤桓度置身這等文明城邑，心下反而一片茫然，身邊儘管人來人往，郤桓度卻是斯人獨憔悴！天地好像只是孤獨地剩下他一個人。以往身在楚境，腦中所想到的便是逃往國外，眼前有一明確目標。如今一旦身在宋境，前路茫茫，真不知何去何從。如果不是身負血仇，早痛苦得一劍自了。

忽地一陣嘈吵聲音從前面傳來，街角處轉出一隊約二十人的宋兵，由一隊長帶領，在人群中搜索，似乎在追捕著某一些人。

其中一個小兵驀地看到倆倆而行的郤桓度，神情一變，立即貼近那隊長耳邊說話。郤桓度心中大感不妥，那隊長霍地回過身來，大喝道：「停步！」

霎時間郤桓度陷入重圍之內，他立在當中，雖然大惑不解，依然是夷然不懼。

要知首先是這裡遠離楚境，囊瓦勢力難及，況且宋國目下依附晉國，沒有爲楚國做爪牙的理由。那隊長道：「孫武！今次你插翼難飛了。」

郤桓度神情一愕道：「閣下可是錯認郤某爲另一人？」

今次輪到那隊長一愕，急忙從懷中探手取出了一張繪有人像的圖畫，比對著看了一會兒，這才道：「細看又不大像，而且你語帶楚音，我們要找的卻是陳國人。得罪之處，還請恕罪則個。」

郤桓度見此人謙恭有禮，心有好感，況且自己乃逃亡之身，略一施禮，當即離開。

不遠處有間旅店，郤桓度要了間客房，進房大睡起來。

這一睡，足有六個時辰，醒來已是第二日的清晨，昨天的勞累，一掃而空。

郤桓度忽然遊興大動，想起宋國供宋王祭稷神的宗廟規模龐大，附近名勝林立，聞名已久，今天得此機緣，不應放過。

郤桓度向旅店的人問明方向位置，步行前往。

當時宋國與魯國爲鄰，魯國雖是一個弱國，受制於齊，但它是列國中文化最高的。宗周的毀滅，和成周在春秋時所經幾度內亂的破壞，更增加魯在文化上的地位，所謂「周禮盡在魯矣」。說到物質文明，魯國也是首屈一指，木工、繡工和織工，在魯國都特別發達，當時的建築巧器大師公輸班，便是魯國人。宋國近水樓台，文化自然有一定的水平，郤桓度細察其建築規模和氣象，眼界大開。

郤桓度信步而行，眼前出現一座王陵，內外有兩層長方形的陵寢，外層是中宮垣，內層是內宮垣。在內宮垣內有一座高台，台上一排築有五座方形的二層建築物，嚴謹對稱。

郤桓度暗忖此等在墳丘上建造樓閣宮室，並圍以內外城垣之舉，自然是要死者在死後也能享受到生前的富貴榮華。

忽然一陣馬蹄聲傳進耳內，郤桓度霍地回頭，遠處一大群宋兵乘馬而至。這批宋兵全副武裝，下馬後扼守著各處要道，搜查來往人等。

這處是遊人聚集的勝地，一時間產生一陣混亂恐慌。有很多人遊興立時大減，便欲離去，宋兵一個不漏，向每一個要離開的遊人搜身。

郤桓度心下奇怪，不知宋兵要找何人、何物？不覺大感不安，自己懷內珠寶無數，又帶著印有族名的銅龍，一旦給搜了出來，實在很難預測會有甚麼後果。

就在這時，心中警兆忽現，郤桓度身形一閃，避進一所廟宇門後。

幾個人走了出來，其中一個帶有濃重齊國口音的人道：「那孫武已中了我的毒劍，性命不保，我看他今次插翼難飛了。」

另一個人答道：「呂振老師的絕藝誰人不知，齊國要的兵書我們必可找到。」

眾人一齊得意狂笑，轉眼遠去。

郤桓度心內念頭電轉，暗忖又是那個孫武，昨天宋兵已在街上搜索他，可能自己和他有點相像，所以誤把自己錯認。只不知道孫武是何許人，還牽涉到一部兵書。

他自己的身分也是見不得人，只想速速離去。剛想審度形勢，一隊宋兵向這宗廟走來。

這些宗廟是平民的禁地，郤桓度怎能讓人發現，閃身躲入祭台之後。

宋兵在門口徘徊了一會兒，轉身離去。郤桓度正欲離開，一陣血腥味傳進鼻內。

血腥味從一堆雜物後傳出，走近一看，有個人俯伏地上，郤桓度伸手一探鼻息，這人已經死去，但胸口微溫，應是剛剛斷氣。

這人形貌確有幾分酷肖自己，不由想起那齊人高手說的兵書，心中一動，在屍體上搜索起來，果然從屍體懷內找到一份帛書，寫著「孫武著兵法十三篇」。

郤桓度打開第一篇，上面寫著：「計篇第一：兵者，國之大事，死生之地，存亡之道，不可不察也。故經之以五，校之以計，而索其情。一曰道，二曰天，三曰地，四曰將，五曰法。」

郤桓度心中狂跳，書中字字珠璣，發前人之所未發，還想再看下去，廟門外一陣馬蹄聲傳來。

郤桓度想到當務之急，應是先謀脫身之計，便想即時離去，剛要起步，忽又轉回身來，原來他突然想到一個大膽的計劃。心下略作盤算，一把抄起屍身，又把帛書納入懷中，出廟而去。

好在這宗廟靠山而築，所佔範圍非常廣闊，一時間難以完全封鎖。

郤桓度展開身形，迅如鬼魅，不一會兒竄進山邊的密林裡。

他帶著屍體，掠上山頭，揀了個叢林，挖了一個深洞，將孫武的屍體放了入去。

他又沉吟了一會兒，緩緩解下銅龍，將它和孫武的屍體放在一起。這銅龍隨他出生入死，又是父親郤宛親手賜與，這刻放棄，便似硬將一條手臂切下。

郤桓度心中一陣難過，但形勢所逼，若是還以郤桓度的身分四出招搖，恐怕隨時喪命，這是不得已之著。

決定之後，反而安心下來，動作加快了很多，迅捷地把穴口填平，又在旁邊拔了一株樹，種在其上，以作辨認。

一切弄妥，郤桓度喃喃道：「孫兄你死應瞑目，我郤桓度必定以你之名，將兵法發揚光大，留下千古不滅的威名。」

郤桓度從小丘的另一端急馳下山，這一回他身懷瑰寶，更不可給宋兵攔截。

來到山腳，一看之下，叫苦連天。

原來所有通路都給宋兵嚴密封閉，飛鳥難渡，心下急謀對策。

郤桓度暗暗心焦時，左方馳來一輛大馬車，前後都由宋兵護持，顯然是大人物的座駕。

第十章　美人恩重

郤桓度心中一動，想起那次躲進夏姬的車底潛入夏浦，又想重施故技。一看之下，廢然若失，原來車底的型制不同，離地只有數寸，除非他變成一片布帛，否則全無擠入去的可能。這種型制的馬車顯然不適合長途旅程，美觀而不實用，應是皇宮的座駕，想到這裡，決定冒一次險。

馬車在兩旁植滿松樹的長道緩緩馳向郤桓度。

郤桓度提氣躍上樹間，虎視著逐漸接近的馬車。

馬車來到樹底下，郤桓度隨意折了根樹枝，運勁向道旁另一方向射去。

樹枝「啪」的一聲撞上另一邊的樹叢，發出清脆的聲響。

馬車前後各八名的侍衛被聲音所驚，一齊轉頭望向另一邊。

機不可失，輕盈得像隻小鳥的郤桓度從茂密的樹葉枝椏交錯處倒翻而下，葉聲輕響，像一陣微風拂過，一下打開門關，閃了入馬車內。

所有動作一氣呵成，刹那間，完成了這一連串複雜的動作，錯非郤桓度身手、拿捏的時間這樣精確，如何能在宋兵眼前偷天換日。

其實更重要是郤桓度大膽的冒險精神，在多次的逃生中，他都顯示了這種膽色氣度，令他轉危爲安。

閃入車內，郤桓度和車內的人同時一驚。

車內的人驚的是無端有人在這等不可能的情況下闖入。

郤桓度驚的是估不到車內坐的是名女子，而且這樣嬌柔纖美，楚楚動人。

不知是否命運的安排，兩次車上的都是美女。

上次是夏姬，今次從這女子華麗的服裝看來，應是宋王妃嬪一類的身分。

那女子還未來得及驚呼，郤桓度粗壯的大手已把她的小口掩個結實。

女子的相貌極美，她又不同於夏姬的艷麗，清秀脫俗，有一種出塵的美態。

郤桓度心下大感不安，自己這個俗子冒犯了佳人，不過現在已騎上了虎背。

她俏臉的下半部被郤桓度的手掌遮掩，剩下最明顯是一對明亮的眼睛。

這對美眸變化萬千，郤桓度突然驚覺它們竟能清楚傳達出不同的感情，早先的驚惶，已被好奇所代替，然後又變了一種很複雜的感情。似乎混集著憐憫、同情和些許傾慕。

這種反應大大出乎郤桓度意料之外，使他百思不得其解。

車子緩緩前進，外面護著馬車而行的宋兵懵然不知，車內竟然發生這種驚人的變化。

車內的郤桓度面對的卻是另一個問題。

在他的手掌下，他清楚感到她纖巧溫潤的紅唇輕軟濕潤，柔柔的顫動觸動著他的心弦。

他本來打算一上來便點對方的穴道，但現在卻完全下不了手。這等以硬手法封閉經穴，對體質纖弱的女子可能會造成長期性的後遺症，他怎能不憐香惜玉？

車子忽然停了下來。

郤桓度眼中威稜迸射，背脊微微弓起，處在高度的戒備狀態下，以應付任何突變。

那女子望著他的威武形相，眼中露出深感興趣的神情。

她微弱的外表下，有一顆勇敢的心。

一把聲音在車外響起道：「左衛范傑生，向夫人問好！」

郤桓度大叫不好，剛要拚死衝出，忽地發現事有轉機。原來那女子正點頭示意，眼中同時射出願意合作的神情。

一來刻不容緩，二來儘管大叫大嚷也不能造成太大分別，郤桓度決定押上一注，迅速收回大手。

女子輕輕喘氣。

外面又道：「夫人！你沒事嗎？」語氣比前緊張。

女子嬌聲應道：「甚麼事？」

「已到宮門了。」范傑生道。

「嗯！」

女子示意郤桓度在車廂內躲藏起來，她已為郤桓度的俊美容貌、瀟灑風度所動，敬慕之心也不由暗中生出，卻又不敢和他開聲說話。此刻，她直視郤桓度，臉上透著興奮的神情。

馬車緩緩駛進宮門。

兩人默默無語。女子會說話的眼睛射出難離難捨的神色。兩人萍水相逢，乍聚又分。

馬車停下。

女子俯身在郤桓度的耳邊飛快道：「我知你是孫先生，我國這樣待你，是懾於齊國之威，幸好我已做了點補贖。珍重了，記著，我姓鄭，閨字柔然。」

說完推開車門下車而去。

車外傳來鄭柔然的聲音道：「馬兒可以牽走，但馬車卻留在原地，我或者還要外出。」

隨從連忙應諾。

這鄭柔然身分奇怪，至於事實如何，看來沒有機會知道的了。

人聲遠去。

馬兒亦被牽走。

郤桓度正要探察外面的形勢，一陣腳步聲由遠而近，車門被打了開來。

一把聲音在外邊輕輕道：「孫武！你可以瞞過宋國那班飯桶，卻怎能瞞過我呂振。況且你已中了我的毒劍，能殘喘至今，已相當不錯。若你能立即獻上兵書，我可給你一個痛快。」

郤桓度心念電轉，這呂振正是剛才在宋王陵前誇耀自己擊傷孫武的齊國高手。心中一動，忙把聲音裝作受了重傷後那種柔弱道：「你如何知道我藏身車內？」

呂振一陣低笑道：「我一看車輪痕跡便知載重量大增，再比對之前輪痕的深淺，當然知道是你躲進車內。我也是低估了你，居然受我一劍之後，仍能神不知鬼不覺避入車內。」

郤桓度見他一路低聲說話，知道他怕人知曉他在此，不由心下奇怪，而且自己車行甚緩，他大可在任何一處截停自己，爲何卻要在此處動手？

郤桓度道：「這交易可以接受，但卻有一個條件，如果你能告訴我，你爲何要待至此刻才出現？」

呂振顯然心情極佳，道：「告訴你也無礙，我之所以待到此刻，就是根本不怕你飛走，其次就是證實鄭妃是否包庇了你。久聞鄭妃美艷無雙，我或可藉此事一親香澤。」跟著嘿嘿淫笑起來。

郤桓度怒氣塡膺，心中殺機頓起。

呂振已在車門出現，手中提著一把長劍，喝道：「還不拿來。」

郤桓度運功逼出一額汗珠，看來像重傷垂危，在懷裡取出兵書，向呂振遞去。

呂振臉現喜色，卻不接書，手中長劍電閃，直向郤桓度胸口刺去，毒辣之極。

郤桓度一側一竄，已把呂振的長劍挾在脅下，一拳擊在呂振胸口，跟著聽到他胸前骨折之聲，呂振倒飛三尺外。

郤桓度這一拳極有分寸，力量雖然強大，呂振的屍身卻不遠跌。呂振武功遜於郤桓度，又誤以爲對手受了重傷，哪能不立斃當場。

郤桓度心想終於爲孫武報了這一劍之恨。他跟著躍出車外，四周靜悄無人，連忙挾起呂振的屍身，越過宮牆而去。這呂振是齊國派來的人，一個不小心處理，每每是滅國之由。

公元前五一二年，周敬王八年。

綜觀當時天下形勢，周室逐漸式微，諸國勢力日趨龐大，擴展軍力。列強之中，又以楚國和晉國實力雄厚，在其他諸國之上。

晉國地處中原之地，雄霸黃河流域；楚國以長江兩岸肥沃的土地爲根基，雖偏處南方，卻有進窺中原之心。一時兩雄互相牽制，楚受晉阻，未能主宰中原；晉有楚擾，也不能獨霸天下。

再說晉國和楚國兩強的情形，晉國自從著名的崤山之戰後，與秦國成爲死敵，又與齊國不和，故雖有霸主之名，卻是處境窘迫。加上晉國公室王族日漸衰弱，權力逐漸轉移到公卿和國內的小封臣手上，形成六卿對峙，劍拔弩張，各懷異志，內亂迫於眉睫。當日郤桓度拒絕巫臣之邀，不和他一起投靠晉國，其理在此。所以這時晉國實在無力外顧。

至於南方霸主的楚國，楚昭王年幼繼位，即起用令尹囊瓦，此人一旦得權，排斥異己，致郤桓度滅族毀家，弄得天怒人怨，伏下禍根。

在這等形勢下，僻處東方長江下游的吳國，在立志圖強的雄主闔閭的領導下，乘時而興。闔閭更重用深知楚國政情的伍子胥，此人家族盡爲楚王所殺，矢志扶助吳國，以報大恨，乃「修法制，下賢良，選練士，習戰鬥」，爲吳國進行富國強兵之道，卓有成效。

當然，這時吳國的實力仍然遠遠落在晉、楚兩國之後，但已形成一股新興的勢力，在東方蠢蠢欲動。

這一天，於吳王闔閭的帶領下，最主要的將領在議事廳聚集。

吳王闔閭首先發言道：「若我吳國欲爭霸天下，應從何處先行做起？」

說完精芒閃耀的雙目，環顧手下群將。

闔閭高大雄壯，方面大耳，臉色明潤，不怒自威，決斷而且有懾人的氣魄。

眾將一齊沉吟，這問題極爲難答，若沒有充分的理由去支持，必遭吳王輕視。

公卿子山首先打破沉默，揚聲道：「我國偏處東方，與越國爲鄰，西北兩方強敵環伺，理應先與外修好，轉而專心內政，待國勢富強，拉近與晉、楚、齊、秦等大國的差距，始可從容定計，切忌時機未熟，便輕舉妄動。」

子山爲人穩重，一向主張漸進式的國策，故有此議。

闔閭淡淡一笑，也不置評，轉眼望向其他各人。

以勇力著稱吳國，貴爲闔閭之弟的夫概朗聲笑道：「子山此言，未免不合時宜。要知在今日這弱肉強食的時代，我雖無害虎之心，虎卻有傷人之意，兼且我國版圖不大，如若龜縮不出，憑這數百里之地，終是難成大事。所以目下當務之急，應著眼於闢地拓展，這樣國勢日強，始有爭霸之望。」

這夫概形態威猛如雄獅，雙目藏神不露，既有謀略又具野心，是吳國最著名的猛將，手上一支長矛從未遇上十合之將，被譽爲吳越第一高手，生性凶殘好戰，手下血腥無數，人人驚懼。

闔閭神色不動地道：「夫概心雄志高，只不知爭霸之道，應以何者爲先？」

這一問便問在骨節眼上，每一個國策，都是一種理想和目標，但如何取捨和施行，才是決定成敗的關鍵。

夫概胸有成竹地道：「制勝之道，當避強取弱，例如郯、徐、陳、蔡等小國，可逐漸蠶食，如此累積而進，我吳國必有一日可與晉、楚爭一日之長短。」

另一大將白喜附和道：「夫概果然高瞻遠矚，本將甚願追隨旗下，為國爭利。」

這白喜與夫概一向站在同一陣線，共同進退。

闔閭見一直沒有作聲的伍子胥面帶冷笑，心下一動，便問：「伍將軍你的意見如何？」

伍子胥道：「夫概指出吳國之興，在乎能否擴大幅員，本將完全同意。但對實行的方法，卻覺得仍有商榷餘地。」

夫概臉色陰沉，不露半點喜怒變化，他一向與伍子胥不和，這刻心下更是充滿殺機。

白喜連連冷笑，默然不語。

伍子胥也不理會，續道：「我國若要蠶吞鄰近小國，足有餘力。但郯、徐等國雖小，卻與其他大國關係密切，為此一來，我們必犯眾怒，引致列強群起來攻，徒取其辱。」

大夫斗辛道：「伍將軍所言甚是。」

夫概和白喜連連冷笑，搖頭表示極不同意。

這時形勢非常明顯，這五位吳國最重要的大臣，除子山一人主緩進外，其他都是主戰派，而主戰派又分爲夫概與白喜一個陣營，伍子胥和斗辛則是另一種意見。只有吳王闔閭還未表態。

闔閭一聲長笑道：「伍將軍究竟有甚麼計劃，何礙說出來讓大家研究。」

伍子胥淡然一笑，露出極強的自信道：「若要爭霸中原，淮河流域便是我等之踏腳石。」

闔閭皺眉道：「這一帶乃在楚國控制之下，我等如若染指，豈不是會引起與楚國的正面衝突？」

夫概哈哈一笑道：「那就正中伍將軍下懷了。」

原來伍子胥原爲楚人，因父兄族人均被楚王所殺，故志切復仇，夫概這是在暗諷他別有私心。

伍子胥並不理會，他爲人城府很深，等閒不會流露心內的感情，這時他滿面風霜，因過度思慮而略帶蒼老的面容，不見絲毫波動地道：「我若強大，必不容於楚國，況且我國東面是大海，沒有擴張餘地；南方是落後地區，取之無用；向北，齊、晉、秦列強豈容我勢北伸？所以我等如謀躋身上國，必須先擊敗楚國。若要擊敗楚國，就要先取淮夷。這淮夷之地，土地肥沃富裕，又盛產銅，必可助我國霸業。」

這一番話極有見地，吳王闔閭點頭不已，連夫、白兩人也一時語塞。他們兩人均是有謀有略的名將，自然知道伍子胥所說確屬高見。

子山道：「伍將軍之言道盡敵我形勢，但楚國軍力十倍於我，兼且我國地處長江下游，而楚國居於江之上，敵人順江攻我易，我逆江而上則難；何況楚國水師名震天下，大將如白素功皆是水上名將，我等何能與之抗衡？」

子山始終主和而不主戰，但他的見解，正指出了吳國一向屈處下風的因由。

伍子胥道：「我就是針對這點，定下了幾個對付之法。第一，我們要努力學習陸上攻守之道，特別是精研車戰之術。大王如若批准，我有一故人現在晉國，此人既精於此道，尤熟楚軍戰術，得他來助，當能如虎添翼。」

闔閭點頭道：「伍將軍心目中的人選必是叛離楚國的巫臣，此人離楚後，親族盡為公子反、囊瓦等所殺，血海深仇，果然是理想人選，伍將軍可放手而為。」

他對伍子胥這避重就輕、不與敵人在江上交鋒的策略，顯然極為欣賞，要知吳本江湖之國，習水戰而不習陸戰，但從水道與楚爭，實無法勝楚，故這一著實是對症下藥。

伍子胥道：「其次於我方另一個有利因素，就是利用敵人鞭長莫及的形勢。要知楚國勢力雖能遠達淮河中下游，但因距本土太遠，難以駕馭，故也是其薄弱環節。因此淮夷之地，是我所必爭的，也是能爭的。」

頓了一頓，他接著道：「楚國設在此地的三邑，州來、鍾離及巢，是我們的首要目標，只要奪此三鎮，便能控制淮域，大利西進。我們可分三師進擾，敵進我退，敵退我進，使楚師疲於奔命。」

闔閭拍案叫絕，連與他一向不和的夫概和白喜，也不得不點頭同意，但亦更生嫉忌之心。

斗辛這時插言道：「在這之前，我們先要經略後方，斷越之援楚。」

伍子胥道：「這個必然。」

闔閭心內歡喜，正要讚賞，哪知伍子胥道：「下將還有一個提議。」

眾人心下大奇，不知他尚能提出甚麼奇謀妙計。

伍子胥也不說話，從懷內取出一卷帛書，呈上闔閭。

闔閭接過開卷一看，不一刻露出驚詫之色，霍地抬起頭來問道：「此人何在？」

伍子胥道：「這人十日前由齊國到來臣下之居所求見，獻上所著兵書，眞是天縱之才，發盡前人所未發，臣與他論道十日，心想如得此人爲我吳國盡力，哪怕大事不成。」

闔閭仰天長笑：「伍將軍請盡速爲本王引見此人，果眞天助我也。」

第十一章　明主拜將

伍子胥回到府第，立即使人請孫武到來，這時冒充孫武的郤桓度正在靜坐潛修，聽到有請，連忙來到伍子胥的書房內。過去這十日，兩人曾多次在此暢論各國形勢與兵法。

伍子胥對郤桓度欣然道：「孫先生，伍某不負所託，明早大王召見，你我一同進宮，大王明察秋毫，知人善用。唯一要小心的，便是夫概與白喜兩人。」

語氣對這冒名的郤桓度非常敬重。

郤桓度感激道：「伍將軍大力幫忙，使孫某才能得展，大恩不言謝。」

這時他的說話竟帶有齊音，原來他在來吳前，在齊國居住了半年，一方面消化孫武兵書內的微言大義，一方面試圖改變帶有楚音的談吐。

伍子胥道：「以孫兄之才，豈會埋沒，我擔心的，卻是明天進宮前，夫、白兩人或會出詭計攔阻。這二人手下死士高手無數，極爲可慮。」

他知道郤桓度兵法如神，卻不知他的劍法也是屈指可數。

郤桓度奇道：「伍將軍深得吳王信任，這次召見又是吳王之令，誰敢阻攔？」

伍子胥道：「在一般情形下，應是如此。但先生以兵法著稱，如若不能依時赴會，何能言霸國強兵之道。所以儘管在大王面前，他們也振振有詞，說以此等阻困，來證明你並非只是空想的理論家。」

郤桓度啞然失笑，心想自己若不能在這機會露上一手，日後儘管吳王肯用自己，但必爲眾人所輕視。

連忙詳詢往吳宮的路線和地形，以應付夫、白等的佈置。

伍子胥的將軍府第，位於城東，與吳王的宮室相隔約四里。由將軍府往吳王宮殿的大道，先要經過繁忙的市集和大街，然後才轉上幽靜的林蔭大道。

大道穿過圍繞王宮的大湖，景色怡人，這條穿湖大道可容十馬並進，若被封閉，由南面前往王宮的路線，便等於被截斷。而這正是伍子胥每天進王宮謁見闔閭的路線。

清晨寅時末，天還未全亮，將軍府四周的居民已展開了一天的活動，牛車、馬車通過大街小巷的次數開始頻密起來。

比他們更早便守候在此的，是夫概手下的得力高手簡殿之，此人精明能幹，頗具計謀，是夫概倚重的人之一。

簡殿之雙目凝望著將軍府的所有動靜，他的手下高手超過二百人，佈置在每一個戰略性的位置，只要他一聲令下，手執絆馬索、繩網等等的勇士便會蜂擁而出，誓要把孫武擒下來，縛了往見吳王。

這一著乃白喜所獻之計，希望能一石二鳥，既證明孫武徒有虛名，連自身也難保，另一方面更羞辱了伍子胥，打擊他在吳國的地位，頗爲毒辣。

忽然兩個頭戴竹笠、面目難辨的男子，並排在將軍府的大門走出來，因爲他們的竹笠前垂下一幅遮陽幕，所以看不出這兩人是否伍子胥和孫武。

簡殿之當機立斷，正要指示手下上前試探，另兩個一式一樣的男子，在先前兩人身後丈許處跟了出來，如此兩個接連兩個，先後走出了兩個一組的男子百多個。這等情況，教他如何下手。

這個景象極爲奇怪，百多個兩人一組頭戴竹笠、裝束一樣的男子，不斷從將軍府的大門擁出街上，然後分散至各大街小巷去。

簡殿之也不驚惶，他們手上還有最後一張王牌，只要通過大湖往吳宮的大道被封，除非孫武脅生雙翼，否則絕難飛渡。

簡殿之打個手號，立時有手下點燃訊號煙花，通知守在南道的另一名夫概的得力手下韓彬準備一切。

這時正在南道的韓彬，以超過三百精銳高手的實力架起大木欄柵，緊守著南道的中段，湖上所有舟楫都在他控制之下，這樣的佈置，連韓彬自問掉轉位置，除了恃強硬闖外，實在別無他法。但現在並非眞正戰爭，伍子胥和孫武勢不能眞刀眞槍殺死夫概麾下的人馬，況且己方不乏高手，就算孫、伍二人想蠻來，也不易成功。現在離吳王約定見孫武的時間愈來愈近，自己只要率眾擋他一陣，便大功告成。

韓彬愈想愈是得意，陣陣秋風迎面吹來，使他神清氣爽。

南道遠處傳來轆轆聲響，一串十多輛用騾子拖動盛滿小山一樣那麼多禾草的車子，緩緩駛進南道。

韓彬一聲令下，三百多名手下連忙拔出兵器嚴陣以待，形勢緊張。

騾車緩緩接近，在離韓彬扼守的路段約十丈處停了下來，忽地一陣鼓聲，十多輛騾車的禾草下竄出人來，每人手中持著火器，霎時間十多車禾草一齊給點著了，火焰沖天而起，一股股濃厚之極的黑煙，驀地佈滿了整個區域。

韓彬等正在風向之下，漫天遍地的濃煙向韓彬一方飄來，整條南道滿佈濃煙，把韓彬等嗆得眼淚直流，不要說攔截敵人，連視物也大有問題。

濃煙裡騾子們受驚狂叫，直衝向韓彬的陣地，騾車撞在攔路的木架上，翻轉倒側，形勢混亂，濃煙中，韓彬似乎看到有人影迅速掠進己陣。

吳王的議事廳內，闔閭高踞龍座之上，面無表情，現在離約定見孫武的時間，只有半刻時光。

他前面兩邊分別坐著夫概、白喜、子山和斗辛。

夫概和白喜臉有得意之色，子山和斗辛神情略見緊張。這次如讓夫、白兩人贏了此局，二人的氣焰會更難抑制。

夫概道：「大王，我看伍將軍今次可能不能如期赴會了。」

跟著一陣長笑。

子山和斗辛兩人噤口不言，他們對於伍、孫兩人能否準時前來，亦是全無信心。

闔閭道：「夫卿稍安勿躁，此事即有分曉。」他語氣也流露出對伍、孫兩人缺乏信心。

夫概和白喜更為意氣風發。

時間一點一滴地過去，各人靜默無聲，辰時轉瞬即至。夫、白兩人更為得意。

便在這時，伍、孫兩人抵達的消息，經人報了進來。

吳王闔閭容顏大悅，子山和斗辛也是歡喜之至。夫、白兩人則啞口無語，顏面無光。

伍子胥引著一個英氣勃勃的魁梧大漢，昂然進入會議廳內。

闔閭細察這孫武，英華內斂，雙目精靈有神，氣定神閒，絕無得意後那種趾高氣揚之態，對衝破夫、白等攔截，只像是做了件微不足道之事，不值一哂。

伍、孫兩人叩見之後，吳王闔閭心下歡喜，連忙賜坐。

闔閭不提夫、白兩人藉故阻難之事，以免加深兩個陣營的對抗，微笑道：「久仰孫先生大名，昨日得閱先生大作十三篇，心悅誠服，敢問先生可有必勝之兵法？」

郤桓度冒充的孫武微笑道：「知己知彼，百戰不殆。」

子山問道：「何謂知己知彼？」

郤桓度道：「決定戰爭勝敗的基本因素，就是要把敵對雙方的優劣條件加以估計比較，來探索戰爭勝敗的形勢。這要由政道、天時、地利、將帥和法制五項入手。凡屬這五方面的情況，將帥都必須知道，了解這些情況，才可掌握制勝之道。例如究竟是哪一方的政治成功，將帥指揮高明，得天時、地利，法令貫徹，武器精良，兵卒訓練有素，賞罰公正。根據凡此種種，就可判斷誰勝誰敗。」

這一番話說得廳內眾人紛紛點頭，連夫、白兩人臉上也現出尊敬神色。

斗辛問道：「甚麼是成功的政治？」

他助闔閭掌管朝政，最關心的當然是政治上的問題。

郤桓度從容答道：「就是要使民眾的願望和君主的願望達成一致，可以叫他們爲君主死，爲君主生，而絕不違抗。如此上下一心，何事不成。」

闔閭恍然道：「與君一席話，茅塞頓開。」

夫概於這時插言道：「孫先生若統率我軍攻掠楚國，有何戰勝之道？」

這是從實際的情況作考較。

郤桓度答道：「這又回到知己知彼的問題。例如楚軍以水師和車戰威震當世，若我軍與楚人在水上交鋒，又或以車戰對壘，必敗無疑。故必須訓練步兵，加以楚國多沼澤山地，步兵轉動進退均較靈活，以己之長，攻彼之短，勝券即可在握。」

闔閭擊節而起道：「孫先生一語中的，請讓我敬你一杯，自此刻起，本王封爾爲左將軍，與伍將軍共同主理兵員訓練，同圖霸業，將來有成，本王重重有賞。」言罷仰天長笑起來。

郤桓度在吳國的地位，就此給奠定了下來。

他終於到了一個全新的發展階段，回楚復仇的願望，露出了一線曙光，前途雖然仍是艱阻重重，但這正是命途中的挑戰。

第十二章　重會故人

公元前五一一年，周敬王九年。

吳王闔閭採取伍子胥和郤桓度的提議，以「彼出則歸，彼歸則出」的戰略，分師擾楚，使楚軍疲於奔命。

公元前五一〇年，周敬王十年。

吳軍攻楚之「夷」、「潛」、「六」三城，楚軍往救，吳軍還。吳軍又再攻「弦」，楚軍往救，吳軍又退。

公元前五〇九年，周敬王十一年。

吳軍攻越，大敗越師，使越人不得與楚聯手，吳國至此再無後顧之憂，伍子胥和郤桓度兩人更是密鑼緊鼓，計劃大舉攻楚，兩國形勢危急，大戰一觸即發。

這天郤桓度在訓練吳軍的大校場上閱兵，吳兵軍容整齊，進退井然有序，郤桓度心內滿意，想起自己由一個對兵法一無所知的人，搖身一變成天下聞名的兵法大家，直爲春夢一場。

郤桓度吩咐手下繼續練兵後，想返將軍府休息，剛走到校場的門口，一群人迎面而來，當中一人是夫概，他身旁有位非常美麗的少女，一身武裝，嫵媚中帶有英氣，一對明眸閃露著野性，大膽又充滿了挑戰。郤桓度每次見夫概，幾乎都是在與吳王議事的場合下，像這樣私下相見，還是破題兒第一次。

郤桓度連忙避在一旁，躬身施禮，這夫概爲當朝貴冑，勢力根深柢固，即使闔閭輕易也不願惹他。

夫概眼中寒芒電閃，掃視了郤桓度幾眼，郤桓度感到皮膚如被電火炙過，暗驚此人果然不愧號稱吳越第一高手，功力驚人。

夫概陰沉地道：「孫將軍兵法天下皆知，未知劍法是否亦同樣可觀？」

他身旁眾親將一齊輕笑，顯出極大嘲弄。

郤桓度何等修養，毫不動氣，答道：「小將自幼即好習將兵之術，專講千軍相對之道，兩人爭鋒，卻是疏忽得很。」

這幾句話守中帶攻，暗示不屑私人爭鬥，只重視千軍萬馬的攻守爭雄。

一陣銀鈴般的笑聲，出自那美麗的少女口中道：「孫將軍此言差矣，若我現在提劍欲殺將軍，未知你有何自保之道？」

這幾句話充滿了挑釁的味道，完全不把郤桓度放在眼內，眾人又是一陣大笑。

郤桓度身旁的幾名親兵臉現憤慨，連忙圍在他身前，顯然眞怕這小姐出手冒犯。

夫概喝道：「舒雅不得無禮。孫將軍請見諒，小女舒雅一向管教不嚴，故有此胡言亂語。」

他表面上雖似責怪女兒，語氣間卻無半點怪罪之意。

郤桓度知道自己影響力日漸龐大，招來此人嫉忌，今日此來，正是試探自己的實學和反應。

郤桓度道：「夫概若無他事，小將便返家歇息，還請恕罪。」

告了一個罪，率親兵離去。

那少女的語聲遠遠飄來道：「下次再見之時，小女子定要請教高明。」又是一陣銀鈴般清脆的笑聲。

郤桓度回到府上，吳王有信使到訪，原來晉國專使到來，要他出席今晚招待的國宴，郤桓度略事梳洗，又匆匆往吳宮而去。

他的座駕馬車在途中遇到伍子胥的馬車，伍子胥請他過來坐上馬車，一同赴會。

伍子胥道：「大王前日閱兵後，甚爲滿意。」

郤桓度忙道：「這主要是伍將軍一向訓練有素，小將追隨麾下而已！」

伍子胥對他的謙讓頗爲欣賞，話題一轉，忽然問起今早校場的事情道：「聽說適才夫概與他女兒舒雅向你出言挑釁，你打算如何應付？」

頓了一頓，見郤桓度沉吟不語，知他爲難之處，又道：「我也知道這事極難應付，除非由大王出面干預，這舒雅一向任性而行，儘管夫概也無奈她何。她年華雙十，但眼高於頂，貪她家世、美貌來求親的，都給她用劍趕走。今次她若要纏上你，的確令人頭痛。」

郤桓度道：「此女武技如何？」

伍子胥苦笑道：「這才是眞正令人頭痛的地方，夫舒雅雖是女兒身，卻是天資卓絕，盡得乃父眞傳，欠缺的只是經驗火候。而且她手中寶劍獻自越王，由大王賜贈，劍名『越女』，鋒利之極，使她更是如虎添翼。」

郤桓度道：「伍將軍請放心，我自有應付之法。」

他暗忖儘管以夫概的絕世武技，也未必能勝我郤桓度，區區利器死物，何足道哉！

伍子胥卻以爲郤桓度爲了安慰他而作出此言，提醒他道：「孫將軍萬勿以女子而輕視忽之，我看你精神、氣度，應是使劍好手，可是夫概乃當今吳國第一高手，家傳之學，絕對不能大意。」

郤桓度不想再談這個問題，問道：「不知今次晉國派來的專使是何人？」

伍子胥道：「這人名叫巫臣，他原爲楚國申地的大公，後來爲了一名美姬叛離楚國，現在頗得晉室信任。孫將軍，有何不妥？」

原來他見到郤桓度臉色一變，這人一向泰山崩於前而色不變，這刻一聞巫臣之名，居然有如此反應，他哪能不奇怪。

郤桓度道：「我只是想起另一件事。」

車子倏地停在吳宮正門前。郤桓度暗叫僥倖，否則也不知如何砌詞搪塞。

兩人下車進宮，晚宴擺在吳宮的翔空殿內，吳王的座席高踞殿左，客席設於殿右，兩邊各有席位，出席的當然是吳國當朝的公卿大臣。殿心騰出大片空地，以供舞伎雜耍等娛賓節目的進行。

兩人早來了一點，只有大臣斗辛在殿內，跟著夫概、白喜、子山和其他公卿陸續到來。

又待了一會兒，吳王陪著一高瘦威嚴的男子步入殿內，殿裡的樂工連忙奏起絲竹管絃之樂，禮節周到。這等儀式，在魯國是家常便飯，在這被視爲蠻夷未開化的吳國來說，則是極事鋪張，足見吳王闔閭對今次晉國來使的重視。

吳王一一爲眾人引見，到郤桓度時，巫臣驟見郤桓度，臉上難以掩飾地露出一絲驚怔。但巫臣不愧經驗老到，轉瞬面容即恢復如常，裝作和郤桓度首次相遇，說了一番客氣說話。

眾人都沒有留心，只有伍子胥沒有放過兩人的神情，似乎動了疑心。他何等樣人，先是郤桓度聞巫臣名而色變，跟著巫臣見郤桓度時又有異容，哪能不動疑念？

各人分賓主坐定，照例又是一番客氣說話，舉杯祝賀，跟著闔閭進入正題道：「今次巫專使帶來令吾國鼓舞的消息，晉國有意與我建立聯盟，夾擊大敵楚國，這對於阻遏楚國橫行肆虐，功德無限。」

眾人立即響起一片道賀聲音。

郤桓度暗忖這必是巫臣遊說之力，不要說晉國出兵相助，只要晉國能控制北方諸國，不插手於吳楚之爭，已是天大的喜訊。

巫臣一陣長笑道：「我國國君英明有爲，以天下和平共存爲己任，楚國一貫欺凌弱小，令尹囊瓦殘暴好戰，我國豈能不關心。」

闔閭道：「今次除了與晉國結成盟友外，巫專使還特地從晉國帶來了戰車兵員，使我等能對中原上乘車戰、陸戰之術，一開眼界。」

巫臣哈哈一笑道：「這眞愧不敢當，只是希望在這交流下，兩相參詳，增加對付楚人的勝算。」

巫臣原爲楚人，這時期的國家觀念並不強烈，反之家族的觀念，血濃於水，遠較國家爲重，所以巫臣矢志滅楚，在當時是毫不稀奇。

巫臣跟著又道：「今次我受國君之命，在戰車之外，特地從我國精選歌舞妓十人來此獻藝，請各位欣賞。」

說完一拍手掌，殿後一片絲竹鐘聲，十名身材曼妙、聲色俱全的美人走進殿內載歌載舞，果然是千中挑一的美女。

郤桓度估計這些美女氣質高貴，想來都是家道破敗的大官貴族的後人，被收作女奴，看來今次晉國非常重視這次聯盟。

歌舞完畢，美女輕快退出殿外，殿內的男子都泛起色授魂與的表情。美色的力量的確龐大，連闔閭也不例外。

巫臣道：「這批美女，精擅歌舞之道，對於私房侍奉，尤有專長，是今次我出使貴國的一份禮物，請大王笑納。」

闔閭仰天一陣長笑，顯然對這份厚禮歡暢非常，尤其聽到這批美女精於床笫之道，更是心花怒放，男人一談到這類問題，距離立即縮短不少。

闔閭道謝過後，略一遲疑，將其中八人分贈群臣，郤桓度也分得一個。

郤桓度心念電轉，暗想闔閭若能將十名美女一齊贈予手下，這等胸襟，足當天下霸主無疑。可是此刻既遲疑不捨，而闔閭自己又多佔一名美女，異日遇上利慾引誘，難保便要壞事。這時他已給闔閭下了一個評價。

他望向伍子胥，雖獲贈美女，卻是毫無歡容，郤桓度知他全心全意放在報復楚國殺父殺兄之恨，其他一切，全不在乎。心中一動，想到這種完全被仇恨佔據的情緒，也可以像色慾般使人疏忽其他。

晚宴繼續舉行不表。

宴會在子時初結束。

郤桓度回到私邸時，是丑時中。

剛步進大廳，手下親信來報有遠客在偏廳等候。

郤桓度心中一動，連忙步入偏廳。

一健碩的男子卓立廳中，一臉風霜，臉上有一道由眼下斜落至唇角的劍疤，見到郤桓度，眼中露出激動的神色，淚花隱現。

郤桓度揮退左右手下。

那人「噗」的一聲，跪了下來。

郤桓度慌忙扶起道：「現在時勢不同，本長你不須如此。」

原來竟是最初護送郤桓度逃出郤氏山城，後因躲避敵人追殺而分手的卓本長。

卓本長是應召而來的，但兩人這次相見，恍如隔世。

卓本長道：「主公！」他仍然處在非常激動的情緒裡，反而不知從何說起。

郤桓度非常了解他的感受，想起不知不覺，兩人分開了差不多五年有多。爲了緩和卓本長的情緒，郤桓度淡淡問道：「現下各人境況如何？」

那時隨他們一齊逃出生天的六十餘人，現在情況如何，自然是這身爲他們主公的郤桓度最關心的問題。

卓本長面容一整，情緒漸漸平復，他也是精明冷靜的人，只是剛才乍見郤桓度，又一直以爲他已死去，才如此激動。

卓本長道：「當日我們分散逃走，遵照主公的吩咐，在各地隱姓埋名，從事各種行業的發展，不少人已變成行業裡的出色人物。估不到我郤氏不單兵法行，從商也行。」說到這裡，微微一笑。

卓本長續道：「我逃往銅綠山，在那裡從事赤金的開採，亦卓有成就。」

郤桓度微微笑道：「一向都知你計算厲害，若說你從商不賺錢，我第一個不相信。」

卓本長道：「我待形勢安定下來，便欲利用郤氏獨有的手法聯絡各人，但因爲怕被中行識破，所以全部使用新的聯繫方法，終於找上五十二人。主公！有一件事我一定要讓你知道，就是這五十二人裡，沒有一個人不在這五年中刻苦練劍，等待你回來帶我們復仇。」

郤桓度心下感動，暗忖這批人均是郤氏精銳，且正值盛年，如果能痛下苦功，這批子弟兵的力量，眞是龐大驚人。這便是自己的班底。

卓本長的語聲繼續傳入耳內道：「大家都是有心人，所以這五十二人之中，有部分人更控制了一些地方的幫會和勢力。況且我郤氏數百年基業，勢力深入楚國各地，我又由各地秘密召集和我們有親密關係的壯丁，在銅綠山集中訓練，現在可動用的人手，足有五百之眾。」

郤桓度擊節讚賞道：「本長，你這樣一來，省卻我很多無謂工夫。現在吳楚大戰一觸即發，我一定要有可以信任的人手，在大戰前完成兩個任務。」說到這裡頓了一頓，陷入了沉思裡。

卓本長打量這位自幼一同長大的主公，俊偉的臉龐威稜四射，深具大將主帥的氣度，心下欣慰。

郤桓度抬頭望向卓本長，眼中寒芒閃動，道：「有兩個人，我一定要在吳楚決戰前先行宰掉。」

卓本長眼中閃過仇恨的光芒道：「其中一個必是中行，這叛徒我一直在秘密訪尋他的行蹤，據最新的消息，這賊子應在長城附近的泌陽。第二個人還請主公賜知。」

郤桓度道：「第二個人就是襄老。」

卓本長全身一震，襄老名動楚域，殺人無數，雖被千千萬萬人恨之入骨，仇家遍地，卻仍然屹立不倒，這人的可怕，可想而知。

郤桓度道：「這兩人我必須盡速解決，你派出手下各人，把他們的行蹤，鉅細無遺地告訴我知，讓我潛入楚境，手刃此兩人。」

他說話充滿自信和威嚴，卓本長雖想出言勸阻，話到口邊，始終說不出來。

郤桓度如何不知潛入楚境的凶險，但若果將來對壘沙場，被這兩人識破自己的身世，那時後果就不堪設想了。所以今次特別密遣親信潛入楚地，一年來透過種種聯絡手法，才找上卓本長。

兩人一番商議，密定來日計策，直到天亮，卓本長才匆匆離去。

郤桓度待卓本長走後，精神興奮，睡意全無，信步踏出宅門，沿著外面的大路隨意走著。

晨光熹微，道上行人稀少。

就在這時，背後響起一陣蹄聲。

郤桓度心中一動，知道麻煩來了。

原來蹄聲響起時，是在身後二十丈處，來人應是在該處策騎等待，見郤桓度出來，才飛騎追至。

其次這追騎一路加速，郤桓度估計，當追騎來至身後時，剛好是這匹馬最高峰的速度。

還有最重要的一點，就是在如雷的奔馬聲中，隱隱傳來金屬在空中顫動的聲音，郤桓度高度靈敏的聽覺告訴他，騎者手中持著的，應該是長戈或長戟那一類攻堅的硬兵器，而且一定是高舉馬前，斜指半空，才會發出這樣奇怪的異響。

郤桓度步速不增不減，依然悠閒地向前緩步前行。

追騎迅速接近。

十丈、九丈、八丈……

郤桓度看見迎面來的行人眼中現出恐懼的光芒，紛紛躲到一旁。

背後金屬顫動的異響忽地消去，轉變為破空的響聲。這等轉變極為含蓄微妙，只有像郤桓度這種受到家傳「守心」之術訓練的高手，才可以感應得到。

郤桓度微微一笑，這響聲的轉變，表示敵人的矛尖，從斜指變成平指，直向他郤桓度的背脊刺來。

六丈、五丈、三丈……

郤桓度心中一塵不染，整副精神集中在背後的追騎上，他雖然從沒有反首回顧，但背後每一下馬蹄聲、矛尖每一下顫動聲，都是了然於胸，鉅細無漏。

二丈、一丈……

急騎帶起的勁風，吹得郤桓度全身衣衫揚起。

後面橫空一聲怒喝，金屬破風之聲大作，敵人手中利器，迅若急雷地直往自己背後刺來。

郤桓度感到敵人利器的勁風破體而至，無論在手勁、角度、位置的拿捏，都當得上好手之列。

郤桓度一言不發，身形一閃，長戈已給他夾在脅下，掠向一旁。

健馬擦身飛過，那騎士也是了得，危急間鬆開持戈的雙手，打了一個仰，又坐直身形，沒有給郤桓度拖落馬下，但已是狼狽不堪。

那人直掠出去，邊走邊嚷道：「我是代舒雅小姐教訓你的。」

語聲隨著遠去，人騎只剩下一點影子。

郤桓度啼笑皆非，這等初生之犢，自己若非不想招惹事端，儘管來上十個，也早命喪黃泉，還要這樣大言不慚。

取下左脅夾著的長戈一看，上面鑄了個寧字，心中迅速想起白喜手下大將寧重謀，不知這年輕小伙子和他有何關係。

這時手下幾個親隨氣急敗壞地趕了上來，連連請罪。

其中一個親隨道：「這是寧重謀的三公子寧聲，是夫概女兒舒雅的追求者之一。」

郤桓度恍然大悟，心想這夫舒雅糾纏不清，令人頭痛。兼且夫概在吳國另成一股勢力，只要吳王闔閭稍有失著，便會取而代之，自己夾處其中，情勢危險複雜。

第十三章　名劍越女

當日下午，春陽高掛。

在吳國都城的大校場上，集中了吳國的文武重臣，自闔閭而下，全部到齊。

校場邊搭了一個高台，闔閭、夫概、白喜、伍子胥、郤桓度冒充的孫武等，一齊伴著晉國來的專使巫臣和其他一眾武將、文臣等百餘人，在高台上排列坐好，觀看校場下正要進行的晉國車戰示範。

校場四邊圍滿了吳兵，雖然有上萬兵員，卻是鴉雀無聲，顯示出精良的訓練。

一陣馬蹄聲和車輪聲從校場東面的入口響起，一隊戰車衝出，井然有序，轉眼在大校場空地的東面打橫一字排開，共有七乘。

這些戰車每乘都以四匹披甲的戰馬拉動，獨輈，兩輪，方形車輿，長轂，寬約十尺。每乘車上有三人，主要的戰士站在左面，全身甲冑，以皮革爲主，再綴以青銅護器，手執長達丈八的鉤戟，地位較次的戰士居右，兩個戰士中間的是御手，負責駕御戰車。

戰車上除了甲盾外，還有中間橫懸的戰鼓，隨風飄揚的戰旗則斜掛在車尾，有軸的頂端安有尖刺，大大增強了殺敵的能力。

七乘戰車在校場上列出陣形，好不威風。

吳國一向多湖泊沼澤，對車戰運用可說一竅不通，見到這樣的架勢和裝備，均覺心顫神蕩。

巫臣環顧吳國君臣，見到除了闔閭、伍子胥和郤桓度等有限幾人外，餘人顯然都爲戰車的氣勢所懾，心下大感滿意，向闔閭道：「大王，此次小臣來此目的，是希望能把北方車戰之術的精華引進貴國，以能發揚光大，在戰場上一殺楚人的威風。」

闔閭呵呵一笑道：「貴國好意，本王怎會不知，還望巫專使詳細介紹，令我等野外之民一開眼界。」

巫臣微笑道：「在他們示範不同的車戰技術前，我首先要約略述說一下這種戰術的大概。戰車是平原會戰的無敵武器，機動性大而靈活，戰鬥的過程，主要是分遠射、錯轂格鬥兩個部分，通常都是以一線橫列作戰，就像現下的陣勢。」說到這裡，忽地一聲暴喝。

校場上七輛戰車上的戰鼓一齊響起，七名御者揚聲大喝，七乘戰車一排衝出，車輪和校場的沙石摩擦，發出吱吱的聲音，塵土揚上天空，衝到看台前。

戰車上的武士手中的丈八鉤戟，一齊向前急刺幾下，煞是好看。

戰士們在戰鼓聲裡，運氣揚聲，便像千軍萬馬縱橫廝殺，使人熱血沸騰。

銅戟在陽光下閃爍生輝，觀者幾不能睜目。

晉國車戰之術，果然不同凡響，難怪能與楚國分庭抗禮，平分秋色。

夫概雙目閃著興奮的光芒，道：「巫專使，貴國車戰的確高明，我國若能學上一二，哪還怕楚國不低頭。」

巫臣仰天大笑，意氣風發。

其他吳國大臣紛紛點頭，只有郤桓度和伍子胥默然不語，毫無贊同的神色。

這時戰車越過看台，到了校場的另一邊，又轉了回來。

七車二十八匹馬，踢起滿場塵土。

全場響起一陣陣驚歎的聲音。

眾人紛紛向巫臣發問，由戰車的製造到戰士的訓練，無不在詢問的範圍內，夫概更是發問最多的一個，顯示了各人的濃烈興趣。

反而郤桓度這兵法大家微笑不語，只像是個陪客，不時和其他文臣閒聊。吳王闔閭看在眼內，心中一動，也不言語。

白喜走近郤桓度身旁道：「孫將軍，今晚由夫概親自宴請巫專使，我倆身爲陪客，最好早一點到達。」

郤桓度道：「這個當然。」

白喜道：「橫豎順路，不如我的座駕經過孫將軍的府上時，和將軍一同赴會，豈不有伴。」

郤桓度怔了一怔，白喜與夫概一向合得來，和伍子胥則不大和睦，這次相邀同往赴會，看來也不會是甚麼好事。況且今晚夏姬必會出席，到時也不知是甚麼一番局面，再加上夫概的美麗刁蠻女兒舒雅，郤桓度一想起登時頭也大了好幾倍。

他想了想，口上連忙應道：「能得白將軍作伴，那就最好不過了。」

白喜欣然而去。

闔閭這時走到郤桓度身邊，低聲道：「孫卿似乎對這戰車另有看法，本王說得對不對？」

郤桓度連忙恭身道：「小將豈能瞞過大王法眼，不過這時並不適合談這方面的問題，小將和伍將軍近年來銳意在武器和戰術上加以改革和發展，大王若能抽空，請隨時審核。」

闔閭雙目精光一閃道：「就明天如何？」

郤桓度道：「謹遵王命。」

兩人相視大笑起來。

郤桓度知道最重要的時刻將要來臨，若能在明天令闔閭對他們訓練的戰陣、武器生出信心，才可使這雄心勃勃的吳王敢向稱強天下的楚國挑戰。

即將來臨的困難，卻是這麼多和不易解決，包括了私人恩怨、兒女之情、權力之爭和戰場上的生死勝敗。

黃昏時分，白喜果然驅車前來和郤桓度齊赴由夫概做東道主，宴請晉國來使巫臣的晚宴。這個宴會有郤桓度最想見但又是最不欲見的絕代尤物夏姬。

自從長江一別，郤桓度一直將此夢縈魂牽的美女埋藏心底，這刻再要相見，卻須視同陌路，令人心碎。

還有那既刁蠻又動人的夫舒雅，不知又會弄些甚麼把戲。

剛好這時白喜望向車外，欣賞風景的眼光收了回來，注視郤桓度道：「孫將軍，聽說你每天清晨都起來練劍，想必是此道高手。」

郤桓度心下一震，暗忖自己練武之事極端秘密，這白喜居然隨口道來，自然含有警告自己他的耳目靈通，只不知自己的事他還知曉多少？口中若無其事的答道：「小將自幼身體多病，所以遵照先嚴吩咐，每天早起舒展一下筋骨，哪當得起練劍兩字。」

白喜莫測高深地一笑，不再追問。

一時間兩人沉默了一會兒，好在白喜態度從容，二人間的氣氛相當輕鬆。

郤桓度心想自從得到孫武的十三篇兵法後，這幾年一直致力於把兵法融入劍術內，最明顯的變化，就是精神愈趨內藏不露，所以連伍子胥這武學的大行家，亦當自己是普通好手，爲夫舒雅向自己挑釁而擔心，估量白喜雖然知他每天練劍，也不如何放在心上，心下稍安。

白喜話題一轉，談起巫臣上來，道：「今次若能藉著這個機會，盡得晉國車戰奇技，吳國之興，應該是指日可待。」

郤桓度微微一笑，並不答話。

白喜神色怪異，問道：「孫將軍難道不認爲晉國車戰之術，足可與楚國分庭抗禮嗎？」

郤桓度正容道：「恰恰相反，我認爲晉國車戰之技，比之楚國，只高不低。」

白喜道：「若是如此，爲甚麼你今天在校場檢閱晉軍的操演時，似乎毫不感興趣。」

郤桓度心想這才是你要問的問題。今日自己的態度，當然瞞不過這經驗老到的白喜。

郤桓度答道：「楚國國力十倍於我，在車戰上有極優良的傳統，若果以車戰對車戰，不啻以己之短，對別人之長。況且一輛戰車的製造，耗時良久，動輒要多月的時間，方今我國國勢大盛，若不能把握時機，實令人扼腕長歎。」頓了一頓又道：「戰車沉重笨拙，只適合馳騁平原荒野之地，兼且轉動不便，在多湖泊沼澤叢林之處，等同廢物。況且駕御極端困難，輪大輿短，轉動不靈活，又是單輈；而用縛在衡上的軛來駕馬，全靠馬韁來控制四匹奔馬，只是『御者』的訓練，便不是一蹴可就的事，如何可與有數百年傳統的楚國在這方面爭雄？」

白喜一時沉吟不語。

郤桓度不期然有點欣賞此人。他雖然一向和夫概結成陣線，卻絕非只爭意氣之徒，看他身形雄偉，面相非凡，亦令他惺惺相惜。

白喜抬頭道：「然則孫將軍又有何制勝之道？」

郤桓度剛要回答，馬車倏然而止，原來到了夫概的府第。

兩人停止對話，一同下車。

踏出車門，郤桓度眼前一亮。

夫概的府第遠在北郊，郤桓度忙於練兵，還是第一次來此。以往多次經過，都是在高牆外遠遠觀看，這樣身在其中，當然又是另一番光景。

府第依山建成，面積廣闊，有內外兩道城垣，團團圍住。

外城牆的四角，建有鐘鼓樓，個個高達六丈，監視著城外每一個方向。

城牆厚達一丈，可供駿馬在城牆上馳跑。

郤桓度暗忖，只是這府第的建設，便可以推斷夫概野心不小，這人手下家將多達五千之眾，佔了吳國總兵力一成有多，府第又憑險而築，易守難攻，異日必爲吳王闔閭的心腹大患。

進入內城牆後，一道近百級的石階沖空而起，直伸往山腰的府第主宅。位在整個建築群的中央，是一座建造於兩丈的高台上的建築物，由前、中、後三座宮殿組成。

府第前又有門殿數座，左右樓亭隱隱，氣象萬千。

郤桓度心內讚歎，這樣的建築，儘管齊、楚諸地素以文明見稱的國家，也屬罕見，這夫概絕不能輕忽視之。

日落西斜，府第左側的天際萬道紅霞，把夫概的府第襯托得如神仙宅第。不知爲甚麼，郤桓度忽然想起找自己麻煩的夫舒雅。

怕只有這樣的地方，才配得上這樣秀美嬌靈、武藝出眾的美女。

郤桓度和白喜兩人在四個侍衛引導下，緩緩踏上直通府第大門的石階。

忽地一陣馬蹄聲從左側傳來，以極高的速度直向兩人立身處奔來。

兩人自然回首側望。

數騎從府第一側的樹林奔來，當先一名女子，全身緊裹在銀光閃閃的武士服內，英氣逼人裡帶著無限嫵媚，不是夫概的掌上明珠舒雅還有誰？

背後是四名年輕俊偉的男子，當日早上從背後襲擊郤桓度被奪去長戈的寧聲，赫然在內。

眾騎士背上都掛著長弓箭筒，一看便知是狩獵歸來。

夫舒雅領著眾人奔到郤、白兩人身前丈許，才驀地一抽馬，整匹駿馬人立而起，示威似地在兩人面前立定。

後面數騎亦立時顯示出御者的精湛技術，同將急奔的健馬勒定，一陣馬嘶和噴氣的聲音，頗具威勢。

夫舒雅一陣嬌笑，雪白的俏臉掠過得意之色。伸手一拍背後，原來馬股上縛了一隻中箭的黃鼠狼，向白喜道：「白將軍，你看舒雅的收穫。」她眼尾也不望向郤桓度，像是他並不存在那樣。

白喜大笑道：「恭喜小姐的箭術更上一層樓，這一箭剛好透頸穿過，吳國箭術之精，除了夫概外，當數你了。」

夫舒雅又是一陣嬌笑，像朵盛放的鮮花，她身旁的其他男子，無不看得發呆。

夫舒雅精靈的目光，一溜轉到郤桓度身上道：「原來是這位只懂兵法卻不懂自保的大將軍，今天肯駕臨寒舍，眞是令蓬蓽生輝。」語氣充滿譏嘲。

她身旁的男子發出笑聲，惟有那寧聲笑得很是勉強。

郤桓度豈會和她一般見識，淡淡一笑，不置可否。

白喜望向郤桓度，做個無可奈何的表情，表示他也拿這個刁蠻公主沒辦法。

郤桓度心下暗讚白喜一聲，白喜這表情勝過千言萬語，既不會觸怒夫舒雅，亦使他郤桓度難以發作，不禁對他作出更高的估計。

夫舒雅被郤桓度從容自若的神情激起怒火，面容一沉道：「孫將軍，你若非整日只顧著講千軍制勝之道，就不至於今早無能自保了。」

郤桓度一愕，旋又釋然。

原來他看到寧聲面容尷尬，垂首不語。恍然明白寧聲為了在夫舒雅面前保存顏面，將今早的事情扭曲，指敗為勝。

白喜眉頭一皺，覺得夫舒雅言語過重，正要發言。

郤桓度一伸手，阻止白喜為他出頭道：「夫小姐名震南方，末將技低位微，何能自保。」他的說話似乎謙讓，神態上卻是毫不在乎，把正要發作的夫舒雅弄得苦無藉口。

夫舒雅眉頭皺了起來，黑黝黝的大眼睛在俏臉上轉了兩轉，忽地一抽馬頭，兩條修長的大腿一夾馬腹，駿馬一聲急嘶，放開四蹄筆直的朝郤桓度衝來，一把鋒芒四射的長劍握在手中。

郤桓度精神集中在她手上的長劍，這就是著名的「越女劍」。據說出於越國鑄劍大師歐冶子的妙手，精鐵打成，更勝他以前得自父親的銅劍「銅龍」。

「越女劍」破空劃出一道美麗的弧線，隨著駿馬的衝近，向郤桓度面門刺來。

這一劍來勢凶猛，但在郤桓度眼中，卻知道夫舒雅留有餘力，非是要一劍將自己幹掉，當然他也不能排除夫概藉著女兒把自己宰了的可能性，事後只要夫概親自請罪，吳王也莫奈他何。

他可以詐作驚怕，例如滾下台階避過，但只要這事傳了出去，必然大損自己在軍內建立的威信，目下惟有押他一注。

郤桓度卓立不動，眼前寒芒一閃，長劍在眼前一寸處滑開，健馬則於身邊擦過，馱著夫舒雅奔上台階。

夫舒雅的聲音遠遠傳來道：「孫將軍若要求自保之術，可拜我爲師。」連人帶馬，衝入了大門內。

郤桓度環顧眾人，看到白喜臉上一絲驚容，剛正逝去。心下一懍，知道高明的白喜看出了自己驚人的眼力和膽量。

其他一眾青年臉上現出了尊敬的神色。

第十四章　府第夜宴

郤桓度微微一笑，伸手請白喜先行。

白喜和郤桓度並排而上。

還未步上大門前的平台，夫概迎了出來。

郤桓度心下恍然，知道今次白喜約自己早來一步，內中實有別情，看來今次夫概是要爭取自己加入他陣營，進而推之，這人應當有著取吳王闔閭而代之的野心。

夫概一點也不提舒雅，客氣幾句，領著郤桓度去參觀他龐大的府第，白喜告個罪，不知轉到哪裡去了。剩下郤、夫兩人，在幾個親兵護衛下，四處漫步。

夫概態度謙恭平和，一反平日的狂傲，引郤桓度並肩走進大殿東面的長廊，邊走邊道：「孫將軍還是第一次來本府處，一定要參觀武藏室。」

他說話威猛沉雄，令人生出屈服相從的意向，正是天生的領袖之才，難怪能在闔閭之外，成為第二號強人。

長廊和另一座偏殿相連，兩人在長廊並肩走著，在太陽的餘暉下，兩旁殿宇樓台，美不勝收。

來到偏殿的門前，四名赤肩穿著護胸鎧甲的力士分立兩邊。

郤桓度眼光何等高明，看到這四人全身體態勻稱，氣勢強凝，心下一懍。

原來普通人一是右手或右腳較粗壯，又或反過來左大於右，即是說定有某部分是比較有力和靈敏，但若是像郤桓度這個級數的高手，全身無一不是最強和最靈活的武器，就會發展均勻，可以應付任何角度的突襲和進攻。因此當郤桓度驟見這四人，便從他們的身型、氣度上，觀察出這四名赤膊力士都是可被選入特級高手的行列。

郤桓度臉上神色不變，掩飾了內心的震動，以免夫概察覺出自己眼力銳利，從而推測出他的功底。

郤桓度尤其震驚的是，從未曾聽過伍子胥或任何自己的手下提起過這樣的四個人。因爲這樣的高手，能有一個，也足以造成轟動，成爲吳國著名人物，現在一下子出現了四個，依然不爲人知，這夫概的眞正實力確是令人震駭；更爲可怕的是，他表面的粗豪狂妄，看來是一層煙幕，使闔閭等不存戒心。照這四個高手的深藏不露來說，顯然應該對他另作估計了。

可以說是夫概低估了郤桓度，如果他知道郤桓度能從這些許的跡象，推斷出這個結論，心中必然後悔。

夫概也不見有任何指令，最近殿門的力士倏地推開兩扇以銅片嵌成一個獸頭的巨大木門。在力士的推動下，大木門輕若無物，郤桓度卻知道，每扇木門最少需要百斤之力始能推動，這種舉重若輕，才是難得。

大門推開，殿內燈火通明。

郤桓度心忖這次參觀「武藏室」，是特地針對自己的一次安排，以他估計，他郤桓度成爲了夫概一是招攬、一是消滅的一個人物。這當然是他在吳國的表現，對他夫概造成威脅的力量，斷不能容他站在闔閭那一條陣線，所以今次的交手非常重要。他如果不能令夫概對他不起排斥之心，往後的日子，便會變成和夫概的明爭暗鬥。兼且這夫概實力龐大，連吳王可能也會因爲不想吳國內戰而寧願犧牲他郤桓度，那就是郤桓度最不想見到的局面了。

大殿內明如白晝，擺著一列一列的兵器架，使人彷似進入了一座兵器的森林內。

其中一個角落放置了幾輛戰車，更使人見而神往。

夫概帶郤桓度在兵器架林內穿插漫步。

夫概隨手取起一個銅鑄的冑，這種青銅鑄成的護體器物，是當時的極品，一般將士，只穿皮革製成的甲冑，能在重要部位加嵌銅片，已是很了不起，銅冑只有君王大公方可擁有。

夫概拿起這護著頭臉的銅冑，其正中處有一條縱切的脊棱，把全冑均勻地分爲左右兩個部分，胄面上的紋飾，就是以這條脊棱爲中線向左右對稱展開，組成一個大的獸臉，還有兩根上翹的尖角，在相當於獸嘴的地方，露出了戰士的臉孔，形狀威武。

夫概一邊解說銅胄的好處，一邊述說銅胄的來歷，郤桓度卻是一邊心驚，這「武藏室」內由一劍一戟，至弓箭甲胄，無一不是精品，夫概的收藏魄力和支持這龐大收藏的實力，正是要向自己示威。

夫概神態輕鬆，轉到另一角落，隨手取下一把長弓道：「這把長弓的製作時間，頭尾橫跨四個年頭，是以柘木、牛角，再以膠、筋、絲、漆等合製而成。要將這些材料合製成弓，因爲不同的工序需要不同的季節來進行，例如冬天取木，春天取角，夏天治筋，秋天才把它們併合，再經歷冬天的寒氣，到春天再被弦，絲毫不苟。」

郤桓度暗讚夫概在這方面的認識，他是大行家，聞言便知夫概內行。

郤桓度取下一枝長箭，細心觀察箭鏃的式樣，看見鏃頭拋棄了慣用的扁體形態，改用三棱錐體，由以往兩翼側刃前聚成鋒，改成三棱的三條凸起的棱刃前聚成鋒，既增強了穿透力又加強了殺傷力。

郤桓度心想，優良的戰術固然重要，但精良的武器亦起著決定性的作用，隨著車戰的日益發展和戰爭規模的逐漸擴大，防護裝備也進一步完善，皮甲盔胄的製造日益牢固，防衛的部位更周密完備，故迫切地需要更爲銳利而穿透力更強的箭鏃。

郤桓度手中長箭，正是這類應運而生的產品。

郤桓度淡淡道：「這武庫足稱天下之冠，但若不得其用，亦等同廢物，夫概以爲如何？」

夫概雙目直視郤桓度，如老鷹般看望著自己的獵物。

郤桓度一雙虎目寒芒暴閃，毫不退避地向他回視，他知道今日若不能爭取此人對自己的信任和尊敬，他日行軍調將，將會有很大障礙，很可能因而招致敗績。

兩人的眼神，等同利刃，在空間交擊。

雄獅般威猛的夫概道：「孫將軍膽識過人，我很佩服。」

郤桓度聽出夫概的說話背面另含深意，登時醒悟到剛才夫舒雅並非是無意遇上，而是特意試探自己的深淺。幸好他以過人的膽力，贏得高深莫測的形象。

郤桓度仰天一陣大笑，豪邁不羈。

夫概爲之錯愕，一向鎮定溫文的郤桓度，忽然露出這樣豪雄的神態，令他大感意外。

郤桓度知道自己這一著奇兵爭回了主動的形勢，連忙乘勝追擊，道：「要在千軍萬馬中，保持冰心一片，才是克勝之道，其他何足言勇。」

這幾句說話非常凌厲，表示他郤桓度儘管面對千軍萬馬，也如高山般不能動搖，何況只是夫舒雅的一把「越女劍」。

夫概一時啞口無言。

其實郤桓度正向夫概施展攻心之術，在他心中種下自己的威武形象，當然若非他適才表現了過人的膽識，這幾句話會沒有半點用處。

夫概知道不能在這方面向郤桓度施壓力，轉口道：「古語有云，良禽擇木而棲，良將選明主而事，當今天下群雄並列，晉、齊、秦、楚均為雄霸，吳國地僻人稀，偏處南方，孫將軍為兵法大家，天下知名，為何偏要投靠於我？」

這幾句話非常厲害，一個對答不好，對他今後在吳國的發展將有很大的影響。

郤桓度不禁對這吳國的第二號頭頭另眼相看，他看來表面粗豪，卻是具有機心，智勇雙全。

郤桓度淡淡一笑，回復到從容謙讓的神態，一方面是見好就收，另一方面亦是要夫概捉摸不著他的心意，道：「我孫武一生致力於兵法之道，深信最好的理論，必須身體力行，用之於實戰上，始能知其眞偽，這是我一生最大的理想和願望。」

說到這裡，兩眼忽地射出神光，像兩枝利箭般，從夫概的眼睛透射進他心內。

夫概神色一變，顯然被郤桓度突如其來的眼神所懾。郤桓度虛虛實實，忽軟忽硬，使他無從捉摸。

郤桓度眼中神光忽又斂去，抬頭仰視，似乎陷進深思裡，好一會兒才繼續道：「晉秦諸國沉迷車戰之術，積習難返，絕難接受我新創的戰術，只有吳國一向以步兵、騎兵為主，若能用我之道，練習針對車戰的最新戰術，必能稱雄天下，這便是我的心願，也是我甘心事吳的原因。」

這番話說得夫概連連點頭，深合他要稱雄天下的野心，兼且郤桓度暗中點出他不理吳國誰人當權，只要能讓他一展所長，他自會甘心從之，這幾句話正說到他心坎裡。

夫概呵呵一笑，甚為滿意，兩人的距離拉近不少。

這時有親衛來報，巫臣的馬車剛進入府第的外門。

夫概不再遲疑，率領郤桓度一齊出迎。

在大門外除了白喜外，還有伍子胥和一眾大臣，今次夫概是東道主，吳王闔閭自然不便前來。

伍子胥向郤桓度打個眼色，表示他已知夫概請他早來之事。

郤桓度知道他信任自己，便不作表示。

台階下一隊人緩步而上，巫臣一馬當先，身邊的人兒婀娜多姿，風華絕代，正是那一代尤物，自己夢縈魂牽的美女夏姬，心中不由一緊。

巫、夏兩人背後跟了十來個身穿晉服的武士，郤桓度一個也不認識，知道這是巫臣的特別安排，特地不帶認識他郤桓度的手下前來。

郤桓度聽到身後的白喜低聲道：「那穿黃衣的是『閃電矛』夏信，穿白衣的是『快劍』捷難了，這兩人都是晉國的著名高手。」

郤桓度心下恍然，看來這次聚會，還含有比較吳、晉兩國武技的作用。這等比武，很易演變成意氣之爭，不知巫臣如何應付。

巫臣等很快和走下石階迎接的夫概相遇，一邊談笑，一邊向上走來。

郤桓度身旁一陣香風，原來夫舒雅亦走了出來。看她雙眼直勾勾地盯著正在走上來的夏姬，郤桓度不由暗笑女孩子自然難免有爭妍鬥麗的心態。

這個角度剛好看到夫舒雅的側臉，纖巧的鼻子恰到好處的聳起，使她的輪廓既有性格而又巧俏，長長睫毛下，烏亮的眼睛，比之夏姬的風韻迷人，是另一種剛健明媚，各擅勝場。

郤桓度心想若能把這樣驕橫的美女馴服，應是男性的一大快事。

夫舒雅對郤桓度的盯視，立即起了感應，小嘴不屑地一噘，走遠了幾步。

郤桓度心下有些許被傷害的感覺，幸而剛好巫臣和夫概走了上來，巫臣正向各人引見夏姬，很快要輪到他了，急忙將夫舒雅置之腦後，應付即將來臨的局面。

巫臣和夏姬轉到郤桓度面前，不知是否神經過敏，郤桓度感到有兩對銳利的目光正在很仔細地觀察著他和夏姬的神態。

一對眼睛是巫臣，這是很可以理解的，因為那次救美之後，夏姬神態奇怪，自然令巫臣心下懷疑。當時雖將他瞞過，但總有點蛛絲馬跡，使巫臣心難釋然，不肯放過任何探查的機會。

另一對利眼竟然來自身旁的伍子胥，這就令他大感不解。

無論這兩人中任何一人，如果自己和夏姬的關係被其揭開，都會惹來殺身之禍。

夏姬悄然立在他眼前，觸手可及的距離，卻似遠隔在萬水千山之外。他鼻孔傳進夏姬熟悉的體香，勾起在巫臣船內和這美女顛鸞倒鳳的回憶，臉上卻要升起陌路不相識的初遇表情。

巫臣的語聲似乎在很遙遠的地方傳來道：「夫人！這位是以兵法著稱的當代大家，孫武將軍。」

夏姬抬起俏臉，她清澈的大眼睛，一點不見異樣，深深向郤桓度一福。

見到夏姬神態毫無破綻，郤桓度把提到半空的心放了下來。急忙裝作回禮，低下頭來，順便減短兩人目光相接的時間，忽地發現一個景象，令他幾乎魂飛魄散。

原來他目光下射，看見夏姬的左手緊握成拳，輕輕顫動，這個角度，位於夏姬右側的巫臣，剛好看不見，但能否避過伍子胥的目光，就是五五之數了。

這時他已不能計較，心中起了一片憐惜，夏姬的痛苦，使她需要用上極大的自制力。見面禮罷，在夫概引領下，一眾走進正殿。

殿內的客席設在南方，主席設在北方，其他的席位，沿著東西兩方擺設，空出殿心大片的空地。

眾人面向殿心坐下。

一隊樂隊魚貫走進殿中，面向巫臣和夏姬的客席，奏起樂來。

這隊樂隊有十人，分作兩列，作跪狀，身穿銀灰色窄袖長衣，頭戴黃色帽巾。左起第一人是指揮，雙手揮舞鼓杖，敲擊鼓面。後面四人吹著笙簫等各種樂器，其他五人，有人側身彈瑟，有的在拍手唱歌，一時殿內充滿歡樂的氣氛。

郤桓度一邊裝作留心欣賞，一邊目光四處巡遊，見到隨巫臣來的晉國高手都坐在對面東邊的幾個席位，那「閃電矛」夏信和「快劍」捷難兩人，面無表情，難知喜怒。夫舒雅和白喜一席，她的目光不時望向夏姬，好像天下竟有這樣的美女，以致心生不忿。

事實上不止夫舒雅，殿內包括夫概在內，大部分時間眼光都往夏姬游弋，夏姬一舉一動，均令人難以收回目光。

樂隊演奏完畢，夫概舉杯勸飲。

酒過一巡，夫概道：「巫專使這次前來，展示車戰之術，令我吳人大開眼界，久聞晉國武風甚盛，名家輩出，令人深爲嚮往。」

巫臣仰天大笑道：「夫概身爲南方第一高手，若談武技，我等是班門弄斧，貽笑大家，還是藏拙好了。」

白喜插嘴道：「巫專使太謙讓了，大家交換一下心得，應是天大美事。」當時武風極盛，宴會中舞劍比試，幾乎是例行節目，不過兩國外交的宴會，牽連會比較複雜點罷了。

伍子胥笑道：「巫專使今次不惜千里來此，如果不給我們一開眼界，太可惜了！」連伍子胥也附和，眾大臣立即一齊起鬨，紛議比武的方法。

郤桓度知道伍子胥爲人穩重，每一行動都有深意，今次可能是與巫臣合謀，利用晉人的力量，一殺夫概的威風。不知夫概會否動用他的神秘高手，若果如此，恐怕巫臣和伍子胥不能討好。

伍子胥和巫臣以往同屬楚臣，相識已久，巫臣今次來吳，正由伍子胥穿針引線，郤桓度推測兩人合謀，是合乎情理的推斷。

白喜一名手下走到殿心，郤桓度認得這人是以長戟著名的吳國高手萬蹤。心想夫概這方一出場便是最著名的好手，顯然志在必勝。這時形勢複雜，可能演變成幾方面勢力的傾軋。

吳方高手萬蹤走到殿心，拱手向巫臣施禮，大聲道：「白將軍手下參將萬蹤，願向專使請戰夏信老師。」

全場一陣騷動。

萬蹤一上來便挑戰晉方在場的最頂尖高手，當然是希望以一兩場比武來定下勝負。萬蹤和夏信使的一是長戟一是長矛，都是遠距離的格鬥兵器。

萬蹤語氣中透出強烈自信，那夏信反而神色不動，靜待巫臣的指示。

郤桓度推斷萬蹤對這一戰無甚把握，所以反而要迫自己升起強大的信心，才不致因怯戰致氣勢減弱，招致敗績。

夏信爲北方霸主晉國的有數高手，稱雄中原，難怪吳方高手被其盛名所懾。

這夏信最著名一戰，是與楚國費無極的一次比武，當時夏信雖然落了下風，仍能全身而退，使他名傳天下。

另一方面郤桓度有點失望，這萬蹤一出，擺明夫概不會動用他那四名神秘高手，使他不能多得點有關這四名高手的資料。

巫臣呵呵一笑道：「萬參將長戟四十八法，聞名久矣，夏信你好好領教高明，但須謹記晉吳兩國，現為兄弟之邦，點到即止，以切磋為大前提。」

夏信長身起立，離座走往殿心，拱手向夫概施禮後，一語不發，神情倨傲，顯然不把一向僻處南方的吳國高手放在眼中。

夫概目中寒芒一閃，似動了氣，旋即笑容又浮上臉上。

這時雙方都有隨從走下場來，為兩人穿上銅胄和護著重要部位的鎧甲。

夏信的頭胄是虎頭紋飾，萬蹤的是一隻似獅非獅的怪獸，兩人身上的披甲都是以銅片穿綴而成，甲裙直幅下垂，剛好護著下陰，轉動靈活，外形威猛，殺氣騰騰。

又有人取出兩人兵器，夏信持的當然是他的著名長矛，萬蹤則使戟。

一陣鐘鼓在夫概席後響起。

夏信手中長矛忽地彈上半空，化出萬道矛影，虎虎生風，大殿上空滿是寒芒，光耀眼目的矛尖反光，使殿上頓時陷入重重矛影裡，這夏信一出手，吸引了全場目光。

滿天矛影倏地收去，變成一支長達丈八的長矛，遙指著三丈外的吳國高手萬蹤。

萬蹤一沉腰，長戟回指夏信。

一股沉雄的殺氣，立時在兩名蓄勢欲發的高手間升起，教人呼吸頓止。

郤桓度心下大叫不好，夏信果然高明，一出手便佔了主動之勢，看來他的圖謀，是要迫萬蹤在數招內分出勝負，這樣贏來乾淨俐落，大方漂亮。其害處是這等接觸全無花巧，動輒重傷身亡，如果發展到那情況，很可能使雙方都難以下台。

他目光一掃伍子胥、巫臣和白喜等人，發覺他們都現出不安神色，自然是看到場中局勢，難以控制。

夏信長矛寂然不動，由下斜上直指萬蹤。萬蹤長戟不斷震動，抵抗著夏信的強大氣勢，落了下風，正是動則不能久。

吳國高手萬蹤開始雙腳移動，以夏信爲中心，繞著夏信緩緩轉起圈子來，這一著萬蹤是出於無奈，希望藉此減輕夏信長矛遙指的殺氣。

夏信靜立如巖石，就在原地轉身，無論萬蹤或快或慢，他的長矛無一刻不是斜斜指向萬蹤咽喉的部位，看來只要萬蹤露出絲毫空隙，他的長矛就會閃電擊出。

此時形勢千鈞一髮，夫概和巫臣等不安之色更濃了。

一聲大笑在郤桓度口中響起，隨著大笑，他大步踏進殿內兩人決鬥的空間內，殿內各人一齊大驚失色，因爲場內比武的兩人，氣勢正凝聚到頂峰，郤桓度這樣踏進他們的警覺範圍，一個不好，會招致兩人在氣機牽引下的自然反擊，儘管武功遠勝他兩人，怕也難擋兩人的同時合擊。

夏信和萬蹤兩人果然同時一震，一矛一戟全指向郤桓度。

就在兩人要進擊的剎那，郤桓度驀然一聲大喝，手上寒芒一閃，抽出腰間長劍，「嗤」地一聲掣在半空，寒芒再閃，劈在矛戟所生出的強大氣勢上。

長劍直劈向地下，就在離地三寸處倏地靜止不動，長劍生出強大的氣勢，滿殿寒氣，這一劍雖然砍在虛空處，卻恰好在二人強大的氣勢網內，劈開一道空隙。

夏信和萬蹤當然不能眞的向郤桓度進擊，藉著這個機會，一齊提起兵器後退。

這糾纏難分的局面，給郤桓度一劍化解。這一下武功還是其次，最重要的是那膽氣和眼光。

郤桓度又是一聲長笑，寒光一閃便收，長劍插回鞘內，跟著道：「夏老師和萬參將都是武功高強，這一仗便作平分秋色如何？」

言罷一掃眾人，看見夫概、白喜和伍子胥等臉上震驚的神色還未退去，夫舒雅臉色煞白，顯然都爲自己過人的決斷、眼力和劍法，震駭莫名。

夫概大笑道：「來人！夏老師和萬參將令我等大開眼界，每人賜寶劍一把，黃金十兩。」

眼光轉到郤桓度身上，露出了感激的神色，這一著保全了他的顏面，使他對郤桓度大生好感。

晉方高手無不現出驚異之容，郤桓度這一劍的氣勢和速度，把這些眼高於頂的中原高手全懾住了。

獨有巫臣毫不奇怪，連威震南方的襄老也在他劍下棄劍負傷而逃，還有甚麼事他做不到的？心下更感激他出面解圍。

至此沒有人再有比武的興致，宴會在融洽的氣氛下進行。

席間巫臣道：「孫將軍兵法天下知名，不知巫某可有請益的機會？」

郤桓度知機得很，連忙道：「巫專使若然有空，可訂個時間一敘。」

兩人最後決定明天下午，巫臣到郤桓度府上見面。這約會在眾人面前談妥，當然遠勝私下秘密約見。

宴會直至丑時才結束，白喜和郤桓度同車而走。車內白喜向郤桓度再三道謝，他手下萬蹤得保顏面，於他亦有光采。

郤桓度這一著，似乎是押對了。

第十五章　前朝遺美

回到將軍府，已接近丑時末。

親將來報，吳王使人送來巫臣轉贈的舞姬，已在偏廳中等候有兩個多時辰了。

郤桓度心中感到一陣刺激，他一生人中還是第一次收到這樣香艷的禮物，這些舞姬無論樣貌身材，都是萬中無一的精選，聲色藝俱全，又是中原美女，在南方的人來說，充滿了異國情調。晚宴時被夏姬引發的感情，似乎突然間有了宣洩的對象。

郤桓度來到偏廳的門外，剛好看到一名女子背著自己而坐，郤桓度敏銳的目力告訴他，當他來到廳門時，這女子雙肩微微一緊，顯示她正在提高警惕，留意著自己的接近。

郤桓度心中發出警報，這晉國的舞姬，其實是深藏不露的高手。因爲他的步聲輕如狸貓，若非受過訓練的好手，一般人儘管在他走到背後三尺，怕也不能發現他的接近。

現在唯一的問題，就是這是否晉國訓練派來吳國的間諜？抑或只是一個特別的例子，與晉國無關？郤桓度一定要查明這點，否則帶著個這樣的禍根在身邊，對他各方面的行動都不方便。

郤桓度心中轉著無數問題，腳步卻毫不停滯，一直走到那女子的身前，高高在上地低頭俯視她的俏臉。

女子抬起頭來，接觸到郤桓度光芒四射的虎目，連忙低下頭去，只是這一瞥，郤桓度看到她面目甚美，是當時歌舞的女子中最出色的二、三人中其中一人。

這晉國舞姬身穿長裙，腰繫白色寬帶，使她看來修長婀娜，衣領斜交，在他站立的角度看下去，可以見到她一截雪白的胸肌，閃爍生光，充滿成熟女性的吸引力，郤桓度禁不住嚥了一口涎沫。

女子立即知覺，似乎大膽活躍起來，剛要站起身向自己這個新主人施禮，忽地又跌坐回去，原來雙肩給郤桓度按著。

郤桓度鼻中嗅著女子身體的香氣，兩眼直望進女子的眼內。

這女子眼中現出不解的神色，胸部不斷起伏，呼吸急促，神態頗爲緊張。

郤桓度卻知道她至少有一半是裝出來的，因爲她修長的手絲毫不見顫動，換了一般人，在郤桓度這樣的「奇兵」突施下，不發抖才奇怪。心驚手顫，是最自然和正常的反應。

郤桓度雙手輕捏女子的肩頭，觸手處溫軟又充滿彈性。

女子垂首不動，任他爲所欲爲。

大宅一片寧靜，在郤桓度入來之前，已吩咐了手下各人休息，所以儘管他要幹些甚麼，絕不會有人知道。可憾者郤桓度卻先要弄清楚她的身分目的，才可以放心享樂。

郤桓度低聲道：「望著我！」語氣充滿命令的味道。

女子緩緩抬起俏臉，一對美目直視郤桓度，閃過一絲倔強的神色。

郤桓度眼中威稜迸射，他眼中的神光，連有吳越第一高手之稱的夫概一時也被他所懾，何況這個女子。她和郤桓度的眼光甫接觸，全身一震，迅速敗下陣來，不自覺地垂下頭來。

郤桓度怎肯放過她，再喝道：「望著我！」語氣不怒而威。

女子遲疑了一會兒，再抬起頭來，長長的秀目露出了不解和乞憐的神色。

郤桓度見好就收，虎目忽轉溫柔，但他知道剛才自己虎目含威的形象，已深深地在她腦海內留下不可磨滅的印象，對於要徹底征服她，作用很大。

攻人者，攻心爲上。

郤桓度一對按著女子的雙手，忽然發出一剛一柔兩種力道，從女子的肩井穴直攻而入。女子全身一震，內氣自然生出感應，抗拒郤桓度侵入體內的眞氣。

郤桓度雙手一震，幾乎被彈開，連忙催迫內力，眞氣攻破女子的防禦，很快把她全身大穴逐個封閉。

女子美麗的臉上現出驚駭欲絕的神情，全身不能動彈，生死盡操於郤桓度之手，茫然不知如何被識破自己的身懷武技。另一方面，郤桓度的高明，大出她意料之外。

郤桓度內力忽地收回部分，她發覺自己又可開口說話和動作了。

郤桓度微微一笑道：「你叫甚麼名字？」

女子抬起頭來，眼中帶著傲慢的神情道：「孫將軍如此高明，要殺要剮，都隨便你。」

郤桓度收回雙手，背轉身緩緩步入廳中，負手笑道：「果然是入世未深。用刑之道，博大精深，無論何等口硬之人，入到刑室，都會變成一條無恥的可憐蟲，姑娘是否想嘗試一下這方面各種變化的過程？」

背後風聲忽動，郤桓度身形閃電般倒飛而出，剛好截著要從廳門逸走的女子。

眼前鋒芒閃動，一把匕首迎面刺來。

郤桓度雙手化作虛虛實實的爪影，一下即捏緊女子雙手。

郤桓度武功之高，大出女子意料，女子同時身上幾下輕疼，原來郤桓度用雙腳急踢，封閉了她幾個大穴，女子全身一軟，向郤桓度身上靠來。

郤桓度右手從她的脅下穿入，繞過背後，將她緊緊抱住，一陣軟玉溫香充滿懷抱，令人魂銷。

郤桓度左手抬起她右腕，看見緊握在她手內的匕首上鑄有「吳王僚專用」五個大字，心底一震。

這吳王僚是現今吳王闔閭的上一任吳王，當時公子光即現在的闔閭設宴請吳王僚赴會，遣刺客專諸於魚腸內藏劍，把吳王僚當場刺殺，奪其位為王。這女子手持吳王僚的匕首，顯然別有內情。

女子秀長的雙目緊緊閉起，眼角溢出兩滴淚水，陷入失望的深淵。

郤桓度把嘴湊近女子的耳朵邊，低聲道：「如果不張開雙目，我立即把你和其他死囚關在一起。」

女子驚悸地張開雙目，若真個與其他死囚關在一起，她的遭遇可想而知，至此她完全失去抗拒的能力。

郤桓度在郤氏家城破滅前，終日和族中女子嬉戲，深悉她們的弱點，所以對付起女子來，分外駕輕就熟，尤其是見這女子氣質高貴，更是投其所怕，果然一下子把握到她的弱點。

郤桓度雙手一緊，把她摟得更實，感覺她全身震抖，知她心中十分驚怕。

郤桓度柔聲道：「不用害怕，我絕對不會傷害你。」

他已從吳王僚的專用匕首，大略把事情理出個輪廓來。

女子抬起淚眼，看見郤桓度眼中射出憐惜和同情，淚水再也忍不住，流落臉頰。

郤桓度忽硬忽軟，欲擒故縱，在他這深合兵法的攻勢下，她的堤防終於徹底崩潰。

郤桓度把聲音壓得很輕地道：「先王是你甚麼人？」

女子淒然道：「是我祖父。」

郤桓度繼續問：「你又怎麼會流落晉國？」

女子眼中閃過一陣猶豫，毅然道：「我不知爲何會信任你。但情況已不能再壞了，坦白告訴你，我今次來吳，是想行刺闔閭，報滅家之恨，可恨吳王沒有揀選到我，算他命大。」

說完閉上口，似乎再不欲言語，淚珠不斷流出，雙肩抽動。

郤桓度心知這時還不適合向她查詢底細，輕輕摟著她的香肩，推著她走回睡房，一直把她扶到床上，要她睡下。

女子微一遲疑，嚇得停止了哭泣。她原本決定犧牲玉體來完成目標，現在爲郤桓度識破，似乎一下子又回復金枝玉葉的身分，無端羞澀起來，這等心情變化，非常微妙。

郤桓度眼中正氣凜然，絲毫沒有色情的成分，他爲人光明磊落，絕不會強人所難，雖然佔點便宜，在所難免。

他爲她蓋上薄被，深夜春寒，別有一番滋味。

他轉身步出睡房，來到書房睡覺。前晚他一宵無眠，現下應是休息的時間了。想起過去這兩日內，多采多姿，至於成敗優劣，留待明天再算好了。

第二日清晨郤桓度一早醒來，昨夜睡了只兩個時辰，但他功力深厚，精神完全恢復過來，梳洗後，吩咐下人一番，才往見吳王。

昨天他和吳王約好，要帶他參觀自己這幾年來精心策劃的新戰術，能否借吳國之力返楚復仇，要看今日的表現了。

一個時辰後，他和伍子胥與吳王闔閭來到了西郊一個校場，四周滿佈屬於他們系統的士兵，防守嚴密。

郤、伍兩人領著闔閭來到一所大宅內，裡面有數百工匠，從事各類兵器的製造。

郤桓度帶著闔閭走進一條由衛士守著的通道，來到一道緊閉的大門前道：「這裡面製造的武器，屬最高秘密，一直以來，除了伍將軍和我外，其他將領一概不知。」

見到吳王臉上有不愉之色，郤桓度忙道：「現在研製成功，才特地請大王前來觀看。」

吳王這才釋然。

自有衛士打開大門，一條地道斜斜向下延伸，隱約傳來金屬敲打的聲音。

吳王闔閭不知兩人弄些甚麼玄虛，大感興奮，試想以伍子胥的穩重，郤桓度的精明，這樣煞有其事帶自己來參觀，這機密武器肯定非同等閒。

伍子胥道：「大王請隨我來。」

三人往地道走去，跟著是十多名吳王的貼身護衛。

地道兩邊點了油燈，照明充足。

盡處是個工場模樣的地方，一個五十來歲的工匠正在恭候龍駕。

郤桓度一揮手，老工匠連忙取出一件似弓非弓的武器來。

吳王闔閭細心察看，此物前所未見，不知有甚麼用途。

郤桓度在工匠手中接過，微笑道：「這強弓，我稱它爲『弩』，比之弓，只是多了一個機栝，但威力卻增強了十倍不止，能穿射任何護甲，包括戰車上的戰士護甲。」

吳王闔閭奇道：「這『弩』比起弓來，有甚麼改進的地方？」

伍子胥欣然接口道：「弩和弓不同，首先弩在張開以後，弦管便穩在弩機上，並不需要像弓一樣總要用手臂發力拉著弦，這樣可以有較長的時間瞄準，因此能更準確地射中目標。」

吳王大喜，他也是精明厲害，一聽之下，連連點頭。

郤桓度接口道：「還有一個更大的好處，眾弩可以集中齊射，給敵人以突然而猛烈的打擊。如果張弓射箭，僅能靠一個人的臂力，張弩遠射，除了使用臂力外，還可以用腳蹬等方法，使力量加強，射程增遠，威力無與倫比。」

吳王仰天長笑道：「兩位今次爲吳國立下大功，他日我擊敗楚國，進軍中原，必不薄待兩位。」

伍、郤兩人一齊謝恩。

郤桓度取來一枝長箭，把它放在機栝上拉緊，長箭定在弩機上。

郤桓度把弩箭瞄向遠在三百步外的一個箭靶，一按機栝，弩箭「嗖」地射出，中正紅心。

吳王和親兵一齊轟然叫好，當時的箭弓，只是力達四石，遠及百步，弩箭能及三百步，他們怎能不歡叫？

吳王問道：「製作一把這樣的弩弓，需要多少時間？」

他一問便問到節骨眼上。

郤桓度答道：「弩的製作，繁複處更甚於強弓，最少要五年方成。」

吳王一陣沉吟道：「這弩弓的秘密，始終不能瞞過楚人，如果我們能在三年內攻楚，儘管楚人知曉，亦是無奈我何。」

想到得意處，大笑起來。

郤桓度和伍子胥兩人會心微笑。

這一著才是最厲害，吳國若想把握時機，必須在短期內出兵。這弩箭的製作，正是要迫吳王及早走上這條戰爭的道路。

吳王道：「由今天開始，我們將以最新的戰術和武器，來擊破中原各國引以爲榮的戰法。」

三人一齊大笑起來。

郤桓度一步一步接近成功，大戰的日子，也一步一步地逼近了。

郤桓度回到將軍府，巫臣剛好到達，兩人在書房內見面。

巫臣首先道：「世事遷移，變幻莫測，非凡夫俗人的意志能加左右。試想我倆都是楚臣，目下一事晉一事吳，你更搖身一變，成爲兵法大家，誰能料到？眞是大夢一場。」

言下不勝唏噓。這縱橫不倒的外交家，說出心內感受，分外動人。

郤桓度沉吟不語，頗有感觸。

兩人這番相見，多了一份親切感，有如老朋友的相敘。

郤桓度打破沉默，說起那天的相見道：「巫兄不愧外交能手，當日乍見小弟化身爲孫武，仍能從容應付，換作小弟，必定當場露出馬腳。」

巫臣失笑道：「當時我內心的震駭，非是言語可形容萬一。幸好我們這類人慣於將感情埋藏心底，所以應付起這種場合，比一般人容易點罷了！」

郤桓度心想，你的感情肯定因爲不斷埋藏心底，日積月累，愈來愈多，一旦被夏姬引發時，也比一般人厲害百倍。這個想法，當然不宜宣之於口，轉變話題道：「現今楚國的情況如何？」

巫臣想了一想，歎道：「楚國雖然因爲囊瓦排斥異己，天怒人怨，但國勢盛強已久，土地廣闊沃美，人丁旺盛，將領如武城黑、沈尹戌、子西、子期、申包胥等都是難得的人才，力量比之吳國，強大得多。」

郤桓度面無表情，忽又問道：「吳國用兵於楚，晉國可會相助？」

巫臣望向郤桓度，猶豫了一會兒，沉聲道：「我也不想瞞你，晉國現下自身難保，非到生死存亡，絕不會動其一兵一卒。今次我這專使，其實也沒有包藏甚麼好心，只是希望吳國能在楚國的後方產生牽制的力量，使楚國不能北侵中原，就是這樣而已吧。」

郤桓度微微一笑，似乎這答案早在他猜算中，只是要巫臣親口證實罷了。

巫臣續道：「尤其可慮的是秦國。秦國地處西陲，晉國一日強大，秦國一日不能東侵。秦、楚兩國目下關係密切，楚國有難，若得秦師出兵夾擊，吳國兵力儘管倍增，也定難討好。」

郤桓度接口道：「所以今次用兵，主要在於『速』和『奇』，兵貴勝，不貴久，否則勞師遠征，以弱攻強，徒然自取其辱。」

巫臣眼中掠過讚美的神色，道：「郤兄果然高明，深悉兵法之要。」頓了一頓又道：「夏姬要見你，向你道謝相救之恩。」

郤桓度心中一震。連忙一陣長笑，掩飾自己的不安道：「夫人國色天香，誰不神魂顛倒，還是少見爲妙。否則一旦不能自拔，如何是好？」

兩人一齊狂笑起來。

巫臣當然以爲他在說笑。任何對夏姬的讚美，亦被他認爲是理所當然，否則他爲夏姬的犧牲，有何價值可言？

哪知郤桓度眞是坦白說出內心感受，反而瞞過了這精明的外交家。

這兩人間的關係微妙，隨時可以由並肩作戰的夥伴變成生死相鬥的仇敵。

兩人談了一會兒，巫臣才告辭離去。

第十六章　書齋春色

郤桓度送別巫臣，回到書房。

這幾天來事情發展迅快，枝節橫生，他很需要這樣一個靜下來的時間，好好思索各方面的問題。

現在他到了前所未有的有利環境，吳國內由闔閭到夫概、白喜等，和他都因有共同的目標，關係日漸密切。反而是早先把他引進的伍子胥有點異樣。

經過了一年多來的努力，他聯絡上舊日家臣，這是一股龐大的力量，令郤桓度有一個班底去進行他的計劃。而且卓本長他們全是在楚國生了根的人，使在楚域內的行動更爲容易和方便。

反而在男女關係上，他卻是有苦難言，夏姬的恩怨纏綿，與夫舒雅微妙的敵對關係，還有，就是……

想到這裡，郤桓度心中一動，感覺到有人接近緊閉的書房門。

事實上他聽不到任何足音，這表示門外的人，在輕功上應該有頗佳的造詣。

郤桓度沉聲喝道：「誰人站在門外？」

一把嬌柔悅耳的聲音在門外響起道：「孫將軍，我可以進來嗎？」

郤桓度鬆了口氣，自己幾乎忘掉了她。這不正就是自己的「私產」，那從晉國來的吳王僚孫女嗎？

郤桓度靜坐不動，道：「進來吧。」

書房門「呀」一聲被推了開來，現出一個修長婀娜的身形，清麗脫俗的臉上，絲毫沒有脂粉的痕跡。她身上披了一襲寬柔鵝黃的長袍，束了一條寬邊的白腰帶，長長的秀髮在頭上結了個髻，用一根長長的銅簪橫卡著。

郤桓度被她的風姿吸引，一時目定口呆。

郤桓度心想，爲甚麼以自己這樣厲害的眼力，到現在才發覺她是如此美麗，心中略一思索，登時省起無論是那次在吳宮看她歌舞，又或昨夜她初到自己的將軍府，她都是蓄意地濃裝艷抹，身上的衣服俗艷不堪，看來是想用這些外相瞞過她高貴的出身，現在她的秘密爲自己識破，再沒有僞裝的必要，所以這清麗逼人的美貌，才是她的本來面目。

郤桓度隱隱覺得，她含有取悅他的用意，這等男女之事，非常微妙難言。如此看來，他已爭取到她一定的好感。

一陣清幽的少女體香飄送過來，女子一直走到坐在蒲團上的郤桓度身旁，雙腿幾乎碰上郤桓度的肩膊，才停了下來。

女子緩緩在他身旁跪下，她身形極高，跪下的高度剛好與坐著的郤桓度平頭，清麗的臉龐離郤桓度只有幾寸，如蘭的氣息，不斷噴在郤桓度臉上，高聳的胸部微微起伏，昨夜的緊張全被輕鬆替代。

郤桓度感覺到她的青春和活力，散發著難以抗拒的魅力，她剛才踏進門來，順手將門掩上時，他便有一種很奇怪的感覺，就像天地間忽然只剩下這間書房，只剩下他和身旁這美女，把世間一切的懷疑和恩怨都關在室外。

郤桓度脫口問道：「你今年多少歲？」

女子毫不遲疑地答道：「二十一歲。」

她似乎準備順從地回答任何問題，一點沒有隱瞞的打算。

郤桓度凝視著她的秀目，問道：「爲甚麼你這樣地信任我？」

女子臉上一紅，緩緩低下頭來。

郤桓度看著她垂下的頸背，線條優美，肌膚潤澤，心內泛起一片溫柔。

女子輕不可聞的聲音道：「我眞不知道爲甚麼會這樣。」

女子抬起頭來，又道：「你想不想知道我怎樣來到吳國？」

眼中射出熱烈的光芒。

郤桓度一直不敢提出這個問題，因爲她若果眞是給收入官府爲奴，再在晉國受訓爲舞姬，她便等同下賤的官妓，這種遭遇，郤桓度怎忍心和這樣氣質高貴的美女連在一起，所以一直不欲啓齒，現下看到她反而自願坦告，事情眞相或有轉機，非如始料之不堪，心中不由驚喜。

郤桓度道：「你叫甚麼名字？」

女子俏臉再紅，輕輕道：「夷蝶。」

郤桓度微微一笑道：「夷蝶，很美麗的名字，好！你說吧。」

夷蝶閉上雙目，好一會兒才睜開，閃著奇怪的光芒，似乎在腦海內重演著一些早被遺忘的往事。好一會兒才道：「我十六歲時，父親帶我逃離吳國，躲避闔閭的追殺，北逃至晉國，才安定下來。父親一直教我練劍，要我緊記大仇，不可一刻或忘。」說到這裡，夷蝶眼中一片迷惘，像是不知如何是好。

郤桓度憐惜之心更甚，夷蝶正值青春少艾，便要強被仇恨的種子折磨，精神上的負擔非常沉重。

夷蝶眼中神色轉爲悲痛道：「當年父親爲了抗拒闔閭的追兵，搏鬥中受了內傷，一直未能痊癒，時好時壞，三個月前，終於過世。」

她眼中淚光閃閃，一個少女，突然失去唯一的親人，變成一名孤女，這等遭遇，聞者心酸。

郤桓度伸出右手，繞到夷蝶頸後，輕柔地撫摸著，夷蝶低頭不語，陶醉在郤桓度的撫慰裡。

良久夷蝶抬起頭來道：「父親臨死前，我曾經問他我今後要怎樣做，他眼角流出淚水，一語不發，直至死去，也沒有告訴我日後應該如何。」

頓了一頓，夷蝶續道：「父親逝世後不久，一直跟隨著我父女的唯一家將，回來告訴我官方正在挑選能歌善舞的官妓，送來吳國作禮物，我覺得是個機會，於是通過家將以種種賄賂的手段，終於得到一個假冒的身分，前來吳國。」

郤桓度道：「那天你在吳王殿前獻舞，有大好刺殺闔閭的機會，爲何又輕易放過？」

夷蝶道：「那晚吳王背後的幾個人，虎視眈眈，我完全沒有下手的機會。」

郤桓度「哦」了一聲，心想你這區區女子，能在這等場合不張皇失措，便是天大膽識。試想吳王闔閭當日奪位，全靠刺殺的手段，他對這方面自然戒心最大，如何會輕易被人所乘。他身邊永遠有武藝高強的心腹死士輪班看守，儘管以他郤桓度的高超武技，亦沒有一定的成功把握，何況這功力遠遜的夷蝶。

郤桓度右手輕往下移，在夷蝶豐滿和充滿彈力的背肌來回撫掃。

夷蝶低垂下頭，臉上一片紅暈，呼吸逐漸加速，任他爲所欲爲。

書房內除了夷蝶輕輕的吐氣聲，寧靜和平。

郤桓度細心審視夷蝶優美的輪廓，沒頭沒腦地問道：「由冒充官妓到現在，你有沒有……」說到這裡語句中斷，似是難以宣之於口。

豈知夷蝶已明白了他意思，頭幾乎垂到胸前，紅暈直泛上耳根，細若蚊蚋地道：「沒有。」最後那個有字，幾乎只是喉嚨間的一下輕響，郤桓度若非和她在緊貼的距離，一定不能聽見。

郤桓度放下心頭大石，他絕不希望這不染俗塵、有膽有色的清純少女，受到狂徒的玷污。夷蝶所說的遭遇確是曲折離奇，問題在於晉國的朝政是否的確敗壞到這樣的程度，使她可以行賄擠入這份作爲「國禮」的行列。無論如何，只要能證明她貞是「貞節尚存」，那麼她所說的一切都屬可信。否則她便可能是晉國特別訓練來吳的間諜了。

郤桓度決斷過人，想到這裡，馬上付諸行動。他一把將身旁的美女拉了過來，另一隻手毫不遲疑從她的衣領處滑了進去，正是「攻其不備」。

夷蝶一聲嚶嚀，象徵式地掙扎了幾下，隨著衣服的減少，嬌喘聲卻不斷增強。

郤桓度每一下愛撫，都帶來她全身的痙顫，經驗老到的郤桓度，差點已可打賭她是處女無疑。當然他現在是欲罷不能，一定要等待赤裸裸的事實來證明。

書房內無限纏綿，春光撩人。

看著身下夷蝶赤裸動人的身體，性感的線條在眼底優美地起伏著，郤桓度達到前所未有的愉悅鬆弛。

心中忽然冒起退隱山林，離開這勾心鬥角、逐鹿中原的權力場所的想法，但很快他又把這意念強壓下去。這類想法，其實正是他家破人亡前所最羨慕的生活，現在他想也不敢再想了。

對於一個劍手來說，意志是最先決的條件，所以郤氏劍法最重守心，「心」若失守，不戰自敗。想到這裡，郤桓度領悟到兒女柔情，是最能令人壯志消沉的。

門外一陣腳步聲傳來，接著響起叩門聲。

郤桓度沉聲問道：「甚麼事？」

門外傳來親衛的聲音道：「大王有事，請將軍現在立即進謁。」

郤桓度應了一聲，剛要起身，夷蝶赤裸的雙手緊纏上來，獻上香唇，郤桓度黯然魂銷，始知最難消受美人恩！

郤桓度輕車簡從，匆匆入宮謁見吳王闔閭。

進入吳宮，由吳王親衛帶領到闔閭的書房。

闔閭正在案前批閱竹簡，見郤桓度入來，露出前所未見的親切笑容，欣然示意郤桓度坐下。

書房內不見闔閭的親衛，只有案上放了一把連鞘的長劍，劍鞘鑄工精美，滿佈紋飾。

闔閭見郤桓度留意長劍，微笑道：「孫將軍，你看這把劍有何特點？」

郤桓度略一沉吟道：「這把劍劍身特長，不知是何物所製？」

闔閭道：「你爲何不抽劍細看？」

郤桓度心中一懍，見對面的闔閭似無惡意，不再猶豫，伸手將劍連鞘取起，緩緩從鞘內抽出長劍，登時一室寒芒。

郤桓度脫口叫了一聲，眼中充滿讚賞的神情。

劍長四尺有餘，比之父親郤宛傳下的銅劍「銅龍」還要長上半尺。當時鑄銅的技術水平，一般只可鑄造三尺至三尺半的銅劍，超過了這個長度便很易折斷，像「銅龍」已是十分罕有的長度，現下這柄劍長達四尺半，簡直是見所未見，且已有著鐵鋼的成分，硬度又勝於銅。

闔閭見到郤桓度驚歎的表情，微笑道：「這是越國鑄劍大師歐冶子的驚世之作，這樣的鐵劍，他一生中只鑄造了七把，四把落在我手上，其中的一把『越女劍』，我送給了夫概的女兒，所以我手上仍有三把這種罕世名劍。」

郤桓度「哦」了一聲，掂量了一下長劍的重量，讚歎不已。

這把鐵劍的劍身滿佈菱形的暗紋，刃部不是平直的，最寬處約在距劍格三分之二處，然後呈弧線內收，至近劍鋒處再次外凸，然後才收成尖鋒，刃口的這種兩度弧曲的外型，使長劍更利於直刺，鬼斧神工。

吳王肅然道：「孫將軍，由今天起，這把劍就是你專用之物，萬望你好好保存。」

郤桓度驀地把眼光從劍上收回，立起身，退後跪地謝恩，朗聲道：「劍在人在，劍亡人亡。」

內心欣喜無限。這柄鐵劍更勝銅龍，使他如虎添翼，更難得的是吳王對他的寵信。

闔閭眼中神光迸射，若無其事地道：「如果我知你除了兵法外，也是擊劍的大行家，這把劍早就送給你了。」

郤桓度知道吳國內的風吹草動，沒有一點能逃過他的耳目，亦不答言，話鋒一轉道：「臣下請求批令，讓臣下潛入楚境，好根據實際形勢，定下將來攻楚的行軍路線。」

闔閭神情有點錯愕，問道：「身入虎穴之事，可否由他人進行？」

郤桓度神情嚴肅，答道：「絕對不可以，這關係到我國興亡，豈能經他人之手。」

闔閭長身而起，繞著書房緩緩而行，他對這大將軍極爲倚重，心下猶豫。

郤桓度知道事關重大，若不能潛回楚域，除去中行和裏老，後果不堪設想，連忙道：「還請大王欽准此行，不入虎穴，焉得虎子。」

闔閭倏地停步，口中喃喃道：「不入虎穴，焉得虎子，我就准你此行。」

郤桓度連忙謝恩。

二人商談一會兒，郤桓度告辭離開。

巫臣攜夏姬來到吳國，訓練吳國戰士車戰的技術，不知不覺過了三個多月，踏入初秋時分。

巫臣絲毫不知他也被吳王利用了來作掩眼的法門，使楚人誤以爲吳人欲以車戰之術來對付楚國，掩飾了他們在步騎兵方面的訓練和弩箭的生產。整個吳國都處在積極備戰的狀態下。

郤桓度從楚國方面不斷得到卓本長傳來的消息，中行的行蹤已被清楚知道，襄老則行蹤詭秘。可是時日無多，郤桓度決定在數日內起行。

第十七章　情場戰場

這天早上，天還未亮，邻桓度已起身練劍，他這習慣數年來風雨不改。那日在長江巨舟「騰蛟」上和襄老一戰，他知道自己造詣尚差一線，若非襄老因夏姬而露出心靈上的空隙，戰果將是完全兩樣；而且襄老雖敗卻受傷不重，所以他若不能在劍術上得到突破，未來對上襄老時，勝敗殊難逆料。何況還有更勝於襄老和他父親，被譽爲荊楚第一高手的囊瓦，所以這些年來他潛心劍道，希望能更上一層樓，使復仇更有把握。

無論如何，他的劍術比之往日大是不同。

尤其是他自然而然地把孫武兵書的精義運用在生活的每一方面，特別在劍術上面，更使他把兵法、劍法融會貫通，另成一家。

當初由邻氏山城逃出時，邻桓度曾把劍法應用於兵法上，現在他又把兵法用於劍法上，二者水乳交融，相輔相成。

他把闔閭賜贈的寶劍緊握手上，這劍被他定名爲「鐵龍」，以紀念在無可奈何下隨孫武同被埋在黃土下的「銅龍」。

「鐵龍」在後院廣闊的空間內渾然飛舞，精芒閃現，劃出一條又一條縱橫交錯的軌跡，天地間一片肅殺。

孫武的兵法帛書有言：兵者，國之大事，死生之地，存亡之道，不可不察也。

郤桓度心想，劍法不也正是如此，長劍進退，便是「死生之地，存亡之道」。

例如孫武在〈虛實篇〉中提出：「微乎微乎，至於無形；神乎神乎，至於無聲，故能爲敵之司命。」

無形無聲，敵人窺探不出形跡，神妙處便像毫無一絲可供敵人察聽的軌跡，因此能將對手操縱於股掌之上。這不也是劍術的無上法則嗎？

「出其所不趨，趨其所不意。行千里而不勞，行於無人之地也。攻而必取者，攻其所不守也；守而必固者，守其所不攻也。」

乘虛而入，正是劍術的精義。所以「善攻者，敵不知其所守；善守者，敵不知其所攻也」。

就因爲這種幻變莫測，虛實難言，才可以達到「其疾如風，其徐如林，侵掠如火，不動如山，難知如陰，動如雷震」。

用諸於劍術之上就是運劍快時有如疾風，慢時舒緩如森林舒柔擺舞，狂攻時若似烈火熊燒，靜止時宛如山岳峙立。使對手如陰天時難測天變，變化時卻如雷霆閃電，不及掩耳。

郤桓度一聲長嘯，兵法、劍法合爲一道，「鐵龍」倏止，卓立院中，周圍的落葉還在空中被劍氣牽引得狂舞不止。

不動如山的劍手，與亂動飛繞的樹葉，成爲奇詭的對比。

一個親兵在這時遞上一件用絲綢包裹著的簡書。絲綢淺絳色，帶著點香氣，使人聯想到投書的是名女子。

絲綢上寫著「孫武將軍親啓」。

郤桓度心中一動，問道：「誰人送來的？」

親兵答道：「今早守門的衛兵做例行的啓門時，見到大門前的階梯頂放了此物。」

郤桓度待親兵離去後，把包裹的絲綢拆去，裡面原來是個竹簡編成的簡書。

簡上畫了幾幅圖畫，第一幅畫了一輛馬車，一個沒有面目的男子，把一個沒有面目的女子抱了出來。第二幅男子挾著女子，奔往一個樹林，天上一彎明月。第三幅那一男一女躲在樹上，樹下還有幾個持著兵器的人。第四幅是江上一條大船。

郤桓度心中激動，壓抑著的感情，像洪水般爆發出來。這些圖畫，當然出自夏姬手筆。他知道巫臣在大前天，啓程往吳都東面一個地方爲吳人選取製造戰車的木料，看來夏姬並沒有隨他前往，藉著這個良機來找自己。

他爲了家族的仇恨，不得不放棄自己心愛的女人，那種痛苦如毒蛇般噬咬著他的心。

他大口地喘氣，一隻手忽然輕柔地撫在他雄偉的背上。

郤桓度轉頭一看，見到夷蝶清麗的臉孔，充滿了擔憂和焦慮。

夷蝶有點慌張，一副不知如何是好的樣子，因著郤桓度的失常，使她不知所措了。她本來是個有膽有色的奇女子，因爲太過關注這個心上人，反而亂了方寸。

郤桓度很快把情緒穩定下來，向夷蝶微笑道：「蝶兒，爲甚麼這麼早起來？」

他不加解釋反而提出問題，正是不想夷蝶繼續追問他。

夷蝶臉上神色迷惑，心不在焉地答道：「我想看你練劍。」

郤桓度一手抄起夷蝶的蠻腰，往內宅走去，另一隻手順便將簡書納入懷裡。

他決定看完簡書上的時間、地點，即把竹簡徹底毀掉。他將會不惜任何手段，保持他和夏姬間的秘密，儘管像夷蝶這樣親近的人，也得將她瞞過。若這秘密一旦給人揭破，將是前功盡廢的後果，他絕對不能容許這個情況出現。

他考慮過不去赴約，卻怕效果可能適得其反，一個飽受相思之苦的女人，在情緒失常下，後果將更不堪設想。

想到這，郤桓度心內絞痛。

同一時間，在郤桓度的將軍府外。

夫舒雅單獨一人，全身武裝，身上佩著當時鑄造技術的頂尖兵器，著名的鐵劍「越女」。她父親和白喜對郤桓度的高度評價，令她滿腔怨憤。決定要把這個倨傲可恨卻又氣宇軒昂的男子，仗著她所向無敵的劍法，好好地教訓一頓，讓他以後不敢小覷天下女子。

她一向要風得風，要雨得雨，長輩疼愛，又備受男性的愛慕奉承；獨是郤桓度表面上對自己不亢不卑，其實卻絲毫不放自己在眼內，使她至為氣憤。

天剛微亮，行人稀落，她伏身附近一所民房的瓦背，俯瞰整個將軍府第，即使郤桓度從偏門或後門離開，這個角度下，亦難以避過她的耳目。

倏地一個人影從側門閃出，望西奔去。

夫舒雅芳心狂跳，她雖然看不到這人的面貌，兼且這人身穿平民的普通衣著，但身形氣度，一望下便感到他是郤桓度。

郤桓度的形象，每一日也不知在這驕縱的少女心內轉了多少回，早深深印在她的腦海內，使她毫無困難認了他出來。

他為何微服而行？難道有甚麼不可告人的秘密？

夫舒雅又喜又驚，不敢猶豫，展開家傳身法，追躡而去。

前面的郤桓度轉向東行，直向吳國著名的南園走去。

南園其實是沿湖的廣大森林區，間中點綴些亭台，景色雅致，這時是清晨時分，遊人甚少。

夫舒雅不敢跟得太貼，遠遠吊著，幸好她常在這附近奔馬為樂，非常熟悉這裡的環境，對追蹤郤桓度大有幫助。

郤桓度在沿湖的樹林內穿插而行，秋林紅樹，大好景色，他卻無心欣賞。

他感到一股熱浪由心田興起，使他禁不住興奮起來，想起夏姬如泣如訴的雙眸，他恨不得早點到達，把這令他刻骨銘心的美女，摟入懷內肆意愛憐，盡償相思的苦況。

他記起第一個的初戀情人是一個家將的女兒，那是十六歲的夏天，當成功地第一次約會到她偷偷地在翌天早上，一齊往郤氏山城的後山遊玩，那個晚上，他整夜不能入寐，等待天明的來臨。現在那早已逝去的情緒又佔據了他整個心頭，在這一刻，甚麼偉大的軍事行動、劍術兵法，都給拋諸腦後。

但對於巫臣，他始終不能釋然，上次在「騰蛟」上和夏姬男歡女愛，那時和巫臣還未建立交情，沒有心理上的障礙。可是現在和巫臣幾經憂患，兼且目標相近，所以成為了互相信賴的朋友，極重信義的他，怎可以奪朋友之禁臠？這個矛盾，使他痛苦莫名，甚至忽略了夫舒雅的跟蹤。

郤桓度穿過一條入林的小徑，轉了幾轉，眼前一亮，出現了一小片林中的空地，中間一座木構小亭，亭內有一秀美纖長的身形。

美艷動人的夏姬，全身緊緊裹在一件垂地的素紫色大斗篷內，露出動人心弦的上半截俏臉。秀長的明眸，深嵌著期待和渴望，一見郤桓度，便和對方的眼光牢牢鎖在一起，糾纏不休。

郤桓度在她身前六尺處站定，臉上充滿著力圖壓抑的表情。

夏姬向前踏了一步，又停了下來，千言萬語卻是一個字也說不出來。她原本打算見到郤桓度，立即撲入他的懷內，細訴相思之苦，可是當心上人近在眼前，卻像有一堵無形的牆壁，使她難以逾越。

兩人同時想到巫臣。

淚水在夏姬雙眼內湧流落下，淒然無語。

郤桓度心內的堤防一下子完全崩潰，張開雙臂，夏姬一聲嚶嚀，衝入情郎懷裡。

擁著夏姬灼熱豐滿的嬌軀，嗅著她身體熟悉引人的體香，郤桓度一對手在她身後上下移動，貪婪地把捏她每一寸的肌膚，心中一陣痛楚，爲甚麼這動人而又善良的尤物不能屬於自己，就像郤氏山城內和自己相得的女子，最後都要無奈放棄。

郤桓度心內滴血，因他自負不凡，可是連自己心愛的女人都不能保護。

夏姬嬌軀不斷抖動，死命摟緊郤桓度，無限的熱情在這刻爆發出來，江海雖深，未及相思之半。

就在這情感崩潰危險的邊緣上，郤桓度心內忽起警兆。他雖在激動的情緒裡，但有人來到兩丈之內，立生警覺。

他立即把夏姬的俏臉用身體擋著，心內殺機萌生。

一把熟悉的女聲在後背響起道：「估不到堂堂兵法大家，竟亦是與女子私通幽會的能手。」

來人當然是夫舒雅。

郤桓度反而迅速回復冷靜，輕輕一拍夏姬的豐臀，在她耳邊輕聲道：「你向後直行，躲在林中，聽到我輕嘯一聲，立即回府，好好伺候巫兄。」

夏姬把斗篷拉低，一聲不響，依言而去。

郤桓度霍然轉身。

夫舒雅感到一股強大殺氣直逼而來，自然地拔出「越女劍」，擺開架勢，遙指郤桓度。

郤桓度暗讚一聲，夫舒雅果然在劍術上有値得自負之處，今次自己爲了掩人耳目，並沒有帶劍在身，以空手對付這種神兵利器，可能要大費周章。想是這樣想，他心中不但絲毫不懼，反而信心加強。

夫舒雅心中驚駭，難以形容，郤桓度雖然赤手空拳，全身上下卻不露半點可乘的空隙，氣勢無懈可擊。

她不知道自己爲甚麼要在這個時候向郤桓度挑戰。當她見到郤桓度和一個女子摟在一起，立時怒火上沖，現身出來，演變成這對峙的局面。

箭在弦上，不得不發。

郤桓度看著這美麗的對手，淡淡道：「小姐的隨從何在？」

這句話表面暗諷夫舒雅每次都是前呼後擁，以眾凌寡，其實卻是郤桓度現時的當務之急，首先要弄清楚她是否單身一人，否則對付起來的手法將完全兩樣。

夫舒雅不屑地哂道：「要收拾你這個兵法大家，一人便可。」

郤桓度怒哼一聲，夫舒雅不由嬌軀一震。這一下哼聲雖低，卻如雷鳴般令她耳鼓發痛，顯示郤桓度內力之強，遠超她的估計。

當日郤桓度分開對峙的晉國高手夏信和吳國高手萬蹤時所露的一手，雖然漂亮，但因爲這兩個高手不能眞個向他攻擊，所以郤桓度只須眼力和判斷力準確便可做到。當然他的武功也是達到高手的級數，所以事後夫概和白喜兩人的讚許主要是針對他的應變之才和驚人的氣魄，而非他的武功。現在從郤桓度赤手空拳下所凝聚的氣勢和功力來看，無疑他一直都在蓄意隱瞞起他的武功。

郤桓度一陣低嘯。

夫舒雅只道郤桓度出手在即，卻不知乃郤桓度在判斷出夫舒雅是單身一人後，指示夏姬迅即離去的暗號。

郤桓度眼中神芒畢露，罩定兩丈外的夫舒雅。

夫舒雅感到對手強烈的殺機，與平日的郤桓度迥然不同，心中不由升起一股恐懼，手上雖緊握名劍「越女」，卻絲毫不能使她有安全感。

在氣勢上，她完全被郤桓度壓倒。

這正是郤桓度的戰略，夫舒雅天姿過人，劍術超凡，但獨缺郤桓度幾番出生入死、浴血苦戰所培養出來的殺氣。郤桓度正是以己之長，制敵之短，深合兵法之道。

郤桓度接著一聲長笑。

夫舒雅完全不知對手爲何忽怒忽笑，郤桓度在她心中，成爲了一個不可測知、深沉可怕的惡人。她身形一閃，手中「越女」化作一道長虹，有如狂風怒浪，直向郤桓度捲去。

瞬息之間，「越女」有如毒蛇般在窄小的空間內，向郤桓度做了三十六下急刺，夫舒雅纖細的蠻腰，巧妙的不斷扭動，使得每一下急刺，都由一個不同的角度向邵桓度攻去，每一著都試圖封死邵桓度身形的變化。

在邵桓度眼中，夫舒雅如仙女翱翔，每一下動作的姿態均漂亮爽朗，充滿勁力和速度感，動作中的夫舒雅比之任何時間更爲動人，使人覺得若能征服此女，必然大快平生。

想歸想，他的身形一點沒有慢下來，銳利的眼神，使他從她身形肩膊的微妙變化中，判斷出她每一個將要攻擊的角度和變化。

邵桓度渾身上下，無一不是殺人的利器。當日他被襄老以腳把他迫在下風，由那時開始，他便從劍的束縛走了出來，劍再也不是他的主人，而是他的僕人和工具，是很多工具中其中較有用的一項。

迅如鬼魅的身法裡，他雙手或掌或拳或指，雙腳時踢時膝撞，在強大的腰勁下，甚至雙肩的側撞，沒有一下不對夫舒雅構成莫大的威脅。

夫舒雅每一劍都刺空，原來完美無懈的一擊，給對方一個轉身，或一個側撞，便變成劣招，無論速度多快，總在邵桓度拳擊、掌劈和腿踢下冰消瓦解。而且他忽然長攻，忽然貼打，每一著都針對著她的弱點，顯示對手高明的眼力，兼且出招神出鬼沒，使她疲於奔命。

忽地邵桓度一拳擊在「越女」的劍脊上，夫舒雅虎口一震，長劍幾乎脫手，連忙抽劍後退，郤桓度並不乘勝追擊，氣定神閒地站在丈許開外，與擺開架勢、胸口急速起伏的夫舒雅，判若雲泥。

夫舒雅心中悔恨，先前實不應低估此人。心想儘管父親夫概親自出馬，鹿死誰手，尚未可知。不由軟弱地升起投降的念頭，當然這只能在心中想想，要高傲的夫舒雅這樣做，不如叫她去死好了。

郤桓度帶著欣賞的眼光望著這美麗的女劍手，心想如能得她爲助，對自己的事業將大有裨益。她擋了自己全力的急攻，依然未露敗象，非常難得。

夫舒雅用勁急攻後，雙頰泛紅，倍增艷麗，郤桓度心下一陣憐惜，殺氣驟減，這樣可愛的美女，他又怎忍心辣手摧花，心內急速地閃過種種不同的可行應付辦法。

夫舒雅立即感應到對手殺氣減弱，這種比鬥對峙，氣機牽引，很多時動作都不經理性，是潛意識的反應。所謂「官知止而神欲行」，幾乎同一時間夫舒雅一聲嬌喝，手中晃著利刃，第二度橫過兩人的距離，有如乳燕翔空，直擊郤桓度。

郤桓度心中靜如止水，冷若冰雪，以常人難以想像的速度，計算著夫舒雅「越女劍」的來勢、角度、走向，身形驀地斜飆上前，雙拳同時擊在劍身上，這一擊是他與襄老之戰以來，最精采的傑作。

夫舒雅感覺敵人的雙拳，一柔一剛，兩種不同的力道同時擊來，先是劍身輕震，一股拉力向側一帶，似欲把「越女劍」吸取過去，跟著「越女劍」被一剛猛無匹的力道一撞，這正反不同的兩股大力，她何能抗拒，「越女劍」脫手墜地。

夫舒雅大駭飛退，她輕功極爲高明，豈知郤桓度如影隨形，緊迫而來。

郤桓度的雙掌在她眼前劃出幾道弧線，變爲漫天掌影，無窮無盡地迫來。

夫舒雅魂飛魄散，腕上、肩膊、腿彎紛紛被擊中，混亂中不知郤桓度擊著她的是掌是拳，是手是腳，全身一軟，向後便倒。背脊剛要撞在地上，一雙強有力的大手抄起她柔軟的腰肢，跟著她全身緊貼在郤桓度身上，一股濃烈的男性氣息傳入她的鼻孔。她平生首次和異性這樣接近，心中立時扯起了降旗。

她軟弱地抬起頭來，看著這個擊敗自己的男子，正以征服者君臨天下的姿態俯視著自己，出乎意料之外，她雖然心內亂成一片，但只可以「驚喜」兩個字來形容，沒有分毫憤恨。

夫舒雅心房亂跳，急急垂下頭來，一臉紅霞，意識到這和自己緊密摟貼的男子是不懷好意，但卻毫不害怕。她忘記了以往兩人間的恩怨，似乎他們的關係，應從這一刻計算才對。

郤桓度的腦袋也在忙碌著。歸結起來，眼前可以走的道路，一是殺人滅口，但以夫概的精明厲害，在吳國的龐大勢力，愛女被殺或失蹤，事後必定無孔不入地追查，自己目下倉卒行事，定會留下痕跡，一個不好，還要牽累到巫臣和夏姬，所以他放棄了這個最初的決定。

另一條路既簡單又妥當，就是要夫舒雅自動給他守密。這當然是知易行難，要這驕縱的千金小姐乖乖聽話，唯一可行的方法，只有徹底把她征服。在武術上，他是勝利者，她的生死給他掌握在手上，現在他更要征服她的心。而且還要合乎孫武兵法中「速戰速決」的原則，否則夜長夢多。

想到這裡，郤桓度摟著夫舒雅的左手收緊，右手繞過夫舒雅的後頸，將她的頭慢慢向自己摟近，把她鮮艷欲滴的紅唇，湊向自己的嘴唇，心中有種報復性的快感，因這些日子裡，他頗受了她一點氣。

夫舒雅芳心「撲撲」狂跳，全身輕輕抖震。她知道將發生甚麼事，郤桓度剛才擊中她身上的穴道時，用力極輕，這時她已可發力，偏偏全身麻軟，一點力也用不上來。她此時不由暗恨郤桓度不封著她的穴道，以免她現在這樣難堪。豈知這正是郤桓度的攻心之道，軟硬兼施。

夫舒雅滿臉紅霞，羞得閉上美目，一聲嚶嚀，櫻唇湊上，郤桓度立即緊吻不放。夫舒雅全身劇烈扭動，在郤桓度緊而有力的摟抱下，夫舒雅的扭動，變成兩個軀體的熱烈摩擦，對雙方都產生了強烈的效果，這刻才是欲罷不能。目下儘管夫舒雅指天誓日答應郤桓度不會洩密，郤桓度也不肯將她放過。

秋林內春情無限，遠近不見行人。

夫舒雅的最後掙扎便如比武般，在郤桓度高技術下冰消瓦解，這吳國第二號人物的女兒，一向不把天下男兒放在眼內的美女，很快便把一雙玉臂攀上郤桓度的頸項，任由這個對她無禮輕薄的男子爲所欲爲。

郤桓度感到丁香暗吐，極盡魂銷。忽地頸側一痲，全身變軟，給夫舒雅反制著大穴，不由暗罵自己大意。

夫舒雅左手穿過郤桓度雄偉的背脊，把他緊緊摟貼在自己身上，郤桓度全靠她的摟抱，才能不因要穴受制，軟倒地上。

主客形勢逆轉。

夫舒雅身形很高，比之郤桓度，只低了小半個頭，現在夫舒雅把俏臉湊到郤桓度面前寸許處，沉聲問道：「剛才那女人是誰？」

郤桓度幾乎歡呼起來，他剛才最擔心就是夫舒雅用手段把他欺騙，乘機制服他，其實對他絲毫沒有愛意，這樣的情形最糟。目下她問的這個問題，分明出於妒嫉，這就證明她對他大有情意，如果利用得好，比之先前一面倒地佔有她，更勝一籌。

郤桓度不敢怠慢，眼中露出驕傲的神色，精芒直望向夫舒雅，刹那間眼神轉變，似乎帶有一種莫名的哀傷。

夫舒雅心中一軟，制著郤桓度頸側穴道的手一鬆。無論郤桓度怎樣回答，一是更激起夫舒雅的嫉妒，一是令她心生鄙視。郤桓度一方面表現了令她動心的威武形態，另一方面又露出極度失意的神情，使她心弦震動，既憐且愛。

郤桓度知道這是決定性的時刻，一定要長驅直進，直搗敵方的大本營，將敵人的身心全部佔領。一雙手迅速在夫舒雅身上活動起來，在這灼熱又充滿活力的胴體上，肆意輕薄。

夫舒雅嬌喘連聲，身體象徵式地扭動抗拒。又有點暗惱此人色膽包天，居然在這等地方向她發動徹底性的進攻，卻又特別刺激興奮。忽然耳際生風，給郤桓度摟著躍上樹林密處，兩人擠在一株大樹的橫木椏上。

郤桓度的手開始滑入夫舒雅的衣服內，在他的挑逗下，她防守的意念完全被摧毀。

夫舒雅作夢也想不到，在這樣的處境下，獻出了寶貴的貞操。

第十八章　識破身分

郤桓度在午時前後回到府第，心中還回味著剛才那刺激難忘的享受，行使男性征服女性時施用雄風的快感。

夫舒雅天生媚骨，不過一向給她高貴的出身和驕傲掩蓋。最初他決定要攫取她的身心時，還是基於情勢的需要；但發展下來，他不禁被她的動人體態勾起愛念，究竟誰才是真正的征服者，他再弄不清楚了。

女孩子的確奇怪，無論怎樣凜然不可侵犯，一旦與男性發生了親密的關係，有如脫胎換骨，變了千依百順的另一個人，這轉變在夫舒雅身上尤其戲劇化。

郤桓度前腳踏入正門，親兵告訴他伍子胥在書房等候他有半個時辰了。二人過從甚密，多是郤桓度登門造訪，或伍子胥使人來召，很少這種情形出現，不禁心下奇怪。

伍子胥坐在書房內，見到郤桓度時臉上全無半點表情，像看著個陌生人般。

郤桓度硬著頭皮，在他面前坐下。

兩人默然相對。

郤桓度苦無對策，正要開口試探，伍子胥先他一步道：「郤桓度，你好大的膽子！」

這一句話，石破天驚，等如平地一聲轟雷，在郤桓度耳邊響起。

郤桓度大驚起立，幾乎反手拔出掛在背後牆上的「鐵龍」寶刃。但另一個念頭湧上他的心頭，假設伍子胥對他是惡意的話，哪會讓他的「鐵龍」掛在伸手可及的位置，他既然知道他是郤桓度，怎會不知連襄老也曾敗在他的手下。對付這樣可怕的高手，穩重的伍子胥，斷不會如此大意，所以事情應還有轉機。

這些念頭快如電光石火般在郤桓度的心頭掠過，他猛然放下拔劍的念頭，緩緩坐下。

兩人四目交投，銳利的眼神互不相讓。

郤桓度一點不閒著，施展功力，察看四方，很快知曉並無埋伏，伍子胥似乎真無惡意，否則豈會以身犯險。

伍子胥第一次露出笑容，對他的反應表示讚許。

郤桓度除了瞞著自己眞正的身分外，一向眞誠地視伍子胥爲一個前輩長者，關係非常良好，卻不知這種友善的相交，在這一刻能發揮多大作用。自己父親郤宛一向是吳國的死敵，伍子胥若能任由自己離開吳國，便是天大的人情了。

看著郤桓度詢問的眼光，伍子胥道：「我第一次看見你時，感覺到你的相貌與郤宛有三分酷肖。」

說到這裡沉吟起來，心中勾起昔日與郤宛同爲楚臣，兩人相交的種種況味。好一會兒伍子胥續道：「那時你雖然極力掩飾，仍未能盡脫楚音，加上你對楚國地形人事的熟悉，我心內益發存疑。巫臣出現，你反應奇怪，夏姬顯然和你有某一種關係，憑著這種種跡象，加上近來的一番調查，大膽推斷你是故人之子，果然所料不差。」說到這裡，第二次露出了笑容。

郤桓度暗忖今天眞是多采多姿，每一件事都是在意料之外，若是往後的日子每日如此，只怕在復仇雪恨前，因膽子負荷不起，便要一命嗚呼了。

郤桓度攤開雙手，一副任憑處置的樣子道：「伍世叔，小姪今後應如何自處？」

他假冒孫武不成，轉而攀起父親那條線的關係上來。善於應變，是郤桓度一向以來保命存身的秘訣。

伍子胥一聲長笑道：「孫將軍乃天下第一兵法大家，何去何從，何須徵詢伍某。」說罷緩緩伸出手來。

這兩位當代不世出的兵法大家，兩隻手牢牢握在一起。

爲了共同的目標，進擊天下無敵的霸主楚國，向被譽爲楚國第一高手、威懾當世的囊瓦挑戰，兩人決定攜手前行。

數日後郤桓度決定起程前往楚國，表面的理由當然是探測地形，爲吳國的大軍設定進兵路線，主因則是要除掉襄老和叛徒中行兩人，以免將來被他們揭穿身分。

夷蝶在爲他整理簡單實用的行裝，特別將他的「鐵龍」藏在一個有暗格的木箱內，箱內放滿藥材，這便是郤桓度此行的身分，一個買賣藥材的商人。

郤桓度反而無所事事，夷蝶兩眼微紅，不捨得郤桓度孤身上路，欲要隨行又被他堅決拒絕。

這時親兵進來，神色有點古怪，郤桓度心下訝異，親兵道：「夫舒雅小姐來訪，在廳內等候。」忽又壓低聲音道：「下屬們準備好了，她居然膽敢一個人前來，儘管三頭六臂，也可以應付。」

郤桓度啞然失笑，眾親隨一向知夫舒雅和他不睦，怎能料到箇中有如許變化。

郤桓度道：「請她入書房坐下，我立即就來。」

親兵瞠目結舌，見郤桓度輕鬆自如，心感奇怪不在話下，聽到還要請這美麗大仇家到書房這等私隱的地方相見，教他完全摸不著頭腦。

郤桓度重複了一次指令，親兵如夢初醒，欲語還休下離去。

郤桓度看看天色尚早，半個時辰後才要上路。自從那次在南園佔有了夫舒雅的身體，今次是第一次見面，禁不住有點興奮。

步進書房，夫舒雅高眺的身形出現在眼前，美麗的臉上，平靜無波，不知她在想甚麼東西。

郤桓度順手把門掩上，道：「爲甚麼又是這般早起？」

這句話語帶雙關，暗指那天跟蹤郤桓度到南園，亦是這麼早起來。

夫舒雅俏臉一紅，粉頸低垂。

郤桓度筆直走到她身前尺許處，用手輕輕將她的俏臉托起，紅暈泛上她的耳根。

郤桓度緩緩把嘴唇湊向夫舒雅的紅唇，他的動作特別緩慢，予夫舒雅充足的時間來拒絕他。他和她的發展異乎一般情侶，所以藉著這個行動，試探她的反應。

夫舒雅毫無抗拒的意圖，郤桓度吻上她的香唇。

夫舒雅身子不動，嘴唇卻熱烈地反應。

好一會兒才分開，夫舒雅眼睛發亮，熱情無限，表面的矜持，無影無蹤。

郤桓度凝視著她一對美目，心中感動，知道自己已闖進了這美女的生命內，成爲她的部分血和肉，自己任何舉動，都可令她在精神上流血受傷，頓時湧起憐惜之心。

郤桓度輕聲道：「你父親知不知道我倆的最新發展？」

夫舒雅鮮花盛放般的粉臉，紅上加紅，「最新的發展」不言可喻，自然是指那早在南園發生的事。

夫舒雅啐他一聲，嗔道：「這種事怎能教人知，甚麼人也不知。」

說完，俏臉變得更紅了。

郤桓度放下心來，現在起行在即，不想枝節橫生。夫概絕不好惹，還有他四個神秘的手下，都使他心生警惕。自然希望一切留待從楚國回來後，再作打算。

夫舒雅揚起頭來，臉上現出堅決的神色道：「我要隨你往楚國。」

郤桓度一聽，整個頭登時大了幾倍。不要說此行有不可告人的秘密，就算夫舒雅完全站在他這一邊，也不能把她帶在身邊，試問這如何向夫概，甚或吳王闔閭交代？

郤桓度表面從容自若，微笑道：「消息倒靈通得很，爲甚麼我的優點，你卻要在南園才知？」

語帶相關，相當調皮，郤桓度本性風流，城破家毀前征逐脂粉叢中，屬此中高手。

夫舒雅如何能敵，一對拳頭擂上郤桓度寬闊的胸膛，不依道：「你休想撇開我！」

見到郤桓度「不懷好意」的眼光，登時省起這句話的語病，這種話心裡想想可以，怎能公然宣之於口。

郤桓度正色道：「雅兒，這一次我是有王命在身，不便與你同行。」

夫舒雅刁蠻地道：「事後自當有我父親在大王面前轉圜，保你無驚無險。」

郤桓度道：「這一行凶險萬分，若有任何錯閃，我一生痛苦不在話下，怎有面目見你父親？」

夫舒雅聽郤桓度說得情深，眼中射山喜悅的光芒，露出了小兒女的情態，挽著郤桓度的臂膀興奮道：「不是我舒雅誇口，我只要不是碰上孫大兵法家，自保哪還成問題。」

時勢逆轉，當初每次見面，夫舒雅都嘲弄郤桓度不懂自保，現在反須向他保證自己有自保的能力。

郤桓度登時語塞，夫舒雅冰雪聰明，語語領先，要收伏她眞正是一件難事。迫不得已，只好用上一點手段。

郤桓度話鋒一轉道：「這幾天我一直沉醉在那天南園的美麗回憶，未知小姐可否准我於眼前再重溫一次？」

夫舒雅臉上倏地紅霞滿佈，這種事怎可以對著她公開請求。

郤桓度仍在深情地看著她。

夫舒雅嚶嚀一聲，把頭深埋在郤桓度胸前。

嗅著秀髮的芳香，郤桓度決定以行動征服這個美女。

郤桓度化裝成一個山草藥商，騎著馬，在早上辰時時分離開吳都西行。一入楚地，卓本長方面便有人接應，他可根據最新的資料再決定行止。

馬身左右各有一個五尺長的木箱，其中一個，暗藏他的鐵劍「鐵龍」，對於與襄老再決雌雄，他極端小心，不敢有絲毫大意。

他心中的回憶轉到夫舒雅身上，一番雲雨後，郤桓度點了她的睡穴，留下了一塊書簡，如此軟硬兼施，希望能對她奏效。他又通知了伍子胥，請他務要阻止夫舒雅跟來。

他想起夷蝶，臨別時她眼中滾著的淚花，還清楚呈現在他的記憶裡。他在這剎那覺得生命充實和有意義，兒女之情，家族之恨，令他激起雄心壯志，決意放手大幹。

雙腳一夾馬腹，駿馬一聲長嘶，在大道上赫刺刺衝去。

他第一個目的地，是楚國重要軍事和經濟的重鎮上蔡。這也是中行藏身之所。

「上蔡」原是西周至春秋時期蔡國的都城，在楚國的征伐下，蔡國被迫遷往「州來」，上蔡被納入楚國的版圖。

春秋中期，楚國的軍事形勢主要是「方城以爲城，江、漢以爲溝」，兵力局限在南陽盆地和長江漢水流域。若要北上爭霸中原，軍隊調遣和輜重的運輸，都要通過難行的伏牛山區，殊多不便。爲了軍事上的需要，必須在「方城」之外，於伏牛山區的北面建立新的軍事基地，所以大興干戈，蠶食小國，建立了「東不羹城」、「西不羹城」、「陳城」、「上蔡」四個軍事基地，形成北面的屏障，進可攻，退可守。

其中尤以上蔡城周圍汝水迂迴，崗嶺起伏，地勢最爲重要。

兼且上蔡地處黃淮平原，商朝時已開始發展，西周時期亦是諸侯林立之所，土地經過墾殖，經濟發達。又爲蔡國故都，交通便利，人煙稠密，是淮河流域的重要城邑。

經過了三十多晝夜趕程，郤桓度潛行荊楚，抵達這軍事的重鎭。

郤桓度和卓本長在城內東面一所大宅會面。

卓本長一臉欣喜，宅內滿佈手下，約有五十餘人，小部分是昔日隨郤桓度逃出的家將，其餘大部分都是新面孔，郤桓度知道是卓本長召來訓練，散在四方的郤氏子弟。

他們見到郤桓度，激動興奮，一一上來施行大禮。郤桓度見到這批新舊手下，都處在巔峰的狀態，不斷點頭表示滿意。

每一個晉見他的手下，都露出眞心崇敬的神色，他知道自己已不是昔日的公子哥兒，經過多年來的出生入死，領兵帶將，培養了一種領袖的氣度，不戰而能屈人。

郤桓度一聲長笑，聲含懾人勁氣，他必須在短時間內在這批家將前建立聲勢，激勵士氣，所以在適當時機，便要露上一手。

笑罷郤桓度向卓本長道：「本長，你做得好。」

卓本長風霜滿面，臉上的疤痕隱約可見。連忙道：「主公誇獎。爲了避人耳目，刻下這裡只有五十五人，但全是我方最精銳的好手，若有需要，我隨時可調來超過三百人的實力。此刻這些人都集中在附近幾個大城，負起偵察的任務。」

語氣中露出強烈的信心。

郤桓度連連點頭，現下只是偷襲暗殺，攻其不備，這樣的實力，是足夠有餘。何況還有他這張王牌。

郤桓度道：「中行的情況如何？」

卓本長臉上露出咬牙切齒的神色，恨不得生噬中行的血肉，沉聲道：「這叛徒現在是上蔡城的副守將，我曾以種種手法調查他的生活行藏，這人心中有鬼，怕我們報復，故而行蹤詭秘難測，從來沒有確定的行徑，很難設下伏擊路線。」

郤桓度道：「這叛徒終日提心吊膽，尤其我擊敗襄老，實力大出他意料之外，想來很難高枕無憂，任他有三頭六臂，絕難逃離我的掌心。」說到這裡一陣沉吟，續道：「此城若有任何軍事行動，如例行的操演，他定須出席，不知你在這方面有甚麼情報？」

卓本長露出讚許的神色，郤桓度這一問，剛好也是他計劃的關鍵，心悅誠服地道：「十五日後，費無極會親來此地巡視，到時將會有各類型的軍事演習和行動，中行無可避免地要不斷現身，屆時當有可乘之隙。」

郤桓度讚許道：「本長你思慮細密大膽，一般情形下，這類軍事演習時，防衛最為周密，豈知物極必反，人的心理非常奇怪，在這種情形下，因為不相信有人敢行事，所以反而鬆懈下來，只要我們能定下嚴密的逃走計劃，便十拿九穩。」

郤桓度心念電轉，不知應否乘機也幹掉另一個大仇家費無極，因為這類暗殺行動，必須一擊遠颺，以避敵人的大規模搜捕行動。且費無極的名氣僅次襄老，手下能人又多，很難對付，何況此行還要誅殺襄老。

中行與襄老這兩人，一個是熟悉自己的背叛家臣，一為與自己決戰的死敵，無論自己形貌如何異於昔日，都可從氣勢舉止輕易辨認自己出來，其他人或相遇在黑夜荒山，或是一面之緣，只要自己服飾不同，便難以確定自己的身分，故而把這兩人劃入必殺之列，其他人看來只好暫且放過了。

想到這裡，郤桓度問道：「有沒有關於襄老的資料？」

卓本長臉上首次露出擔憂的神色道：「襄老外表凶殘暴戾，其實卻是陰沉仔細，又是楚國負責情報的大頭頭，行藏難測。我費了很大的工夫，才證實目下他不在郢都，極有可能來了方城一帶，只不知他會否來上蔡。現在楚國和蔡國及唐國的關係極為緊張，囊瓦更在兩個月前公然向蔡國強索名裘及佩玉，又向唐國索馬，如此欺凌弱小，激起中原諸國的公憤，上蔡這處成為軍事情報活動的中心。據我推斷，晉國很可能以盟主的身分，號令諸國聯手伐楚，所以費無極才會來上蔡，名為視察，實則加強防備，襄老身為情報首長，來此督察，成數亦非常之高。」

郤桓度立即體會到問題所在，除去中行容易，要殺襄老困難。況且只要任何一人被殺，要躲避搜捕還來不及，如何還可以「暗」殺另外一人？看來需要同時將兩人幹掉，不過這更是談何容易。目下只可攻其無備，否則在敵人龐大的勢力範圍下，一個不好，便要全軍覆沒。

卓本長又道：「襄老自敗於主公劍下，每日勤於練劍，誓雪前恥，主公如無把握，還是不要犯險。」

郤桓度傲然一笑道：「我何曾有須臾放下劍術，看來目下我們只能耐心等待了。」頓了一頓又道：「也好，藉著這個機會，讓我來訓練各人劍擊。」

就這樣郤桓度足不出戶，終日在大宅內指導家將修練上乘劍術。

反之卓本長終日在外奔波，收集各方面的消息，多年來他以銅綠山為基地，建立了龐大的情報網，一方面通過各式身分的家將蒐集情報，另一方面又在楚軍內安插眼線，養兵千日，在這時發揮出驚人的作用。

第十九章　造勢之策

郤桓度抵上蔡的十七日後，一隊人馬緩緩入城。

在開路的楚軍後，兩騎並排前行。

左邊一人眇了一目，形相威猛，獨眼神光懾人，正是名列楚國四大劍手第三位的費無極，當日攻打郤氏山城一戰中，若非囊瓦親自出手，他已被郤桓度父親郤宛以同歸於盡的手法擊斃，但仍不免失去左目。

右邊一人形貌醜陋凶惡，眼中電芒閃動，氣勢威猛深沉，赫然是郤桓度此行的目標之一，襄老。他的氣度大勝從前，在劍術的修養上，顯然更上一層樓。

郤桓度和卓本長的擔心不是多餘，他們要在同一時間內，完成這幾乎是不可能的任務，當然充滿困難和危機。

襄、費二人身後是一批高手將領，襄老手下著名的高手鄭樨和萬悉解也在其內，至於並稱襄老座下三大高手的另一人龍客，早喪命於郤桓度之手。

這些人和郤桓度均仇怨甚深，郤桓度只要一露蹤跡，他們絕對不會將他放過。

費無極道：「令尹今次把蔡昭侯和唐成公這兩個庸材軟禁，豈知兩人毫不識相，居然誓死不獻上寶物。致使晉定公以周室名義，號召諸侯會於召陵，密謀攻我，魯、宋、衛、陳、鄭、齊等國都準備與會，於我方形勢大是不利。」

在旁邊策馬而行的襄老面不改容地道：「北方諸國，外強中乾，兼且令尹早已佈下暗著，包保他們不能完成合攻的形勢。」

費無極問道：「不知我可否與聞？」

襄老凶猛的面容不見絲毫得色地道：「晉國內政混亂，貪污賄賂，無所不行，我們投其所好，自然有人爲我們從中辦事。」

費無極搖頭歎道：「自濮城一戰後，晉國與我之爭，時勝時負，先後有邲、鄢陵、湛阪多次大戰，及後宋國大夫向戍做中間調人，在宋都召開『弭兵大會』，自此晉國一蹶不振，於我大大有利。現在我反而擔心南方的吳國，闔閭這人野心極大，又得伍子胥和孫武的助力，可能成爲大患。」

襄老哂道：「吳國人少力弱，縱有明主、名將，卻是先天貧弱，兼之據說巫臣由晉使吳，教習車戰之術，如此倉卒操練，何能成事？」

當說到巫臣這個奪愛之人，他深沉的臉上肌肉不斷跳動，似要擇人而噬。

費無極也覺他神態可怕，急轉話題道：「我近日得到一批美酒，不知連尹可否賞臉？」

襄老回復平靜道：「我自與郤宛之子一戰後，戒掉酒色，專志劍術，若不能手刃郤桓度和巫臣兩人，這兩樣東西，是再也不會沾上了。」臉上現出堅決的神色。

費無極心中一懍，原來襄老心中的仇恨到了這樣的地步，如此看來，他的劍術在這種決心的驅策下，一定有驚人的發展。

這時大街上有一隊人馬迎來，當先一人，是上蔡的守將也是楚國的名將武城黑。

他身旁另一個身材高大的將軍，赫然是在卓本長臉上留下疤痕的叛徒中行。

這一刻，郤桓度的獵物都集中在一起了。

但這些獵物，卻隨時可反過來變成獵人。

上蔡城一片平靜，底子裡卻是暗湧橫生。

形勢像一條繃緊的弦線，一髮千鈞。

雄壯如山的武城黑策騎而來，見到費無極和襄老，眼中光芒大盛，沉聲喝道：「好，費將軍的長戈三十六騎，襄連尹的座下高手，盡來上蔡，必然有一番好戲上演了。」

武城黑一向不大賣囊瓦的賬，與費、襄兩人面和心不和，中行給安插在他身邊，隸屬囊瓦那一路，正是要從旁對這當朝武將加以牽制。

費無極暗罵一聲，我要帶甚麼人來便帶甚麼人來，干你何事？表面卻客氣地道：「令尹見近來邊防多事，十八國會於召陵，密謀攻我，囑我倆帶來精銳，一來壯武將軍的聲威，凡有用得著我們之處，請隨時吩咐。」

襄老高坐馬上，神情無喜無樂，令人見而心寒。

武城黑眼光掃過眾人道：「費將軍好說，我看倒是令尹怕我武城黑辦事不力吧？」

費無極心下對這軍權極大的武城黑頗爲忌憚，一愕後不怒反笑道：「武將軍言重了，將軍戰功彪炳，天下皆知，令尹倚爲右臂，何出此言？」

中行連忙上來打圓場道：「將軍府內已備下酒宴，特爲襄連尹、費將軍洗塵，請這邊走。」

勒轉馬頭揮手，整隊隨武城黑和中行來的楚兵，霍地齊齊策馬轉身，向長街另一邊緩緩馳去，旗幟飄揚，隊形整齊，煞是動人，表現出楚軍優良的軍事傳統和訓練。楚國能在諸霸爭雄中，百年來屹立不倒，自有因由。

禮鼓敲響，莊嚴有氣勢。

一直不哼聲的襄老，對武城黑不客氣的說話，沒有一點波動。這些年來他精研劍道，到了古井不波的境界。劍術到了某一階段，每每達到了體能的極限，這時講求的，便是心靈和意志的鍛鍊和修養。

襄老正要隨大隊馳出，驀地感到一對銳利的目光罩射在他的背脊上，在毫無先兆下，襄老身形閃電般從馬背上彈起，向後側斜斜躍去，落在大道旁的人叢內。

事起突然，一時人叢間路人目定口呆，不能動彈。襄老落地時同時轉身，眼角似乎有人影一閃，沒入橫巷裡。襄老身形如行雲流水，倏地跟上，只見一條窄巷，兩面高牆，襄老身形一動，躍上牆頭之上，民房鱗櫛相比，卻不見敵蹤。

路旁的人群這時才驚醒過來，登時引起一片混亂，紛紛避往其他橫巷裡。

整隊人馬停了下來，費無極、武城黑一齊回頭引頸張望。

襄老知道追之不及，躍回地上，淡淡道：「這人身法之快，本尹平生僅見。」

費無極臉色有點煞白，剛才襄老顯示的身手，比他以往熟悉的襄老更為驚人，自己和他的距離，拉遠了不少，心中暗自惴惴。

武城黑默然不語，在他的地頭出現了這樣的高手，他也顏面無光。

中行道：「可能是晉國派來的高手？」

襄老搖頭不語，並不答言。

山雨欲來風滿樓！

郤桓度返回隱藏的大宅，立即召來包括卓本長在內最重要的十名家將，進行重要的商議，道：「我剛才往窺探襄老和費無極進城隊伍，見到襄老和中行兩人。」

說到這裡，臉上現出驚異的神色道：「襄老功力遠勝從前，居然能感應到我投向他的注視，幸好我及時離去，否則後果不堪設想！這人現在的武學修養，遠遠高於我最初的估計，看來我們必須改變計劃了。」

卓本長喟然道：「我當時在長街的另一邊，直至襄老躍上半空，才驚覺過來，那時主公剛閃進橫巷，比襄老快了一線，不知主公如何察知襄老的行動。」

郤桓度道：「當襄老生出感應，我心中立現警兆，所以在襄老躍起的同時，也是我閃退的剎那，只不過我離開的路線較短，才似乎比襄老快上一線，這下較量，勝負難分。」

郤桓度光明磊落，一點不肯在這些地方佔便宜，眾家將露出尊敬的神色。

另一家將斜常道：「我們素知襄老的厲害，刻下只要多加人手，加強對付他的力量就行，爲何要改變全盤計劃呢？」

這斜常年約四十，身材瘦長，驟看像位眉清目秀的書生，但他手中長矛展開，有萬夫不當之勇，近年來爲了家族仇恨，勤修苦練，武功超越了卓本長，隱爲郤氏家將中第一高手。

郤桓度微微一笑道：「暗殺在於出其不意，攻其無備，襄老的修爲，達到了一個不能暗殺的境界。今早我只是眼露殺氣，便引來他的反應，所以我早先定下的暗襲之法，對他毫不管用，看來只好眞刀眞槍和他大幹一番了。」

另一個短小精悍的家將吉杆道：「敵勢遠勝我方，只是他手下萬悉解和鄭樨兩人便不好對付，何況還有費無極和他的長戈三十六騎，加上上蔡駐有楚國重兵，我方以弱擊強，如何還有勝算？」

眾人一齊點頭，吉杆說出了他們心內的想法，若連唯一的暗殺也此路不通，如何還可達到目標，怕連逃命都來不及呢。

郤桓度緩緩立起身，在室內踱著方步，心內盤算著孫武的十三篇兵法，看看有哪一著管用。想起孫武在他的「勢篇」有言道：「凡戰者，以正合，以奇勝。故善出奇者，無窮如天地，不竭如江河。終而復始，日月是也。死而復生，四時是也……味不過五，五味之變，不可勝嘗也。」

這是說，天下千變萬化，其實可歸結爲幾個最原本的因素，例如日月江河，五色五味，經不同的組合調校，致生無窮的變化。現在刺殺這兩人的方法，便在於「奇」和「正」的運用，對不同的情形，配以不同的調校，才可發揮威力，所謂「戰勢不過奇正，奇正之變，不可勝窮也。奇正相生，如環之無端，孰能窮之」？

自己現在以弱擊強，若能製造某一種形勢，或可化弱爲強。譬之一塊圓石，在平地上推動，費力而不遠，若能置於高山上，只須半點力，就能直滾而下，一瀉千里，兩者不可同日而語，這就是造勢。所謂「故善戰人之勢，如轉圓石於千仞之山者，勢也」。

郤桓度止步回身，掃視著手下家將，眾人露出期待的神色。

郤桓度微笑道：「我們有兩條魚餌，可以引襄老上鉤，第一條餌，就是中行，第二條餌，就是我。」

中行在校場練兵完畢，和十多個親隨策騎返回府第，同行還有襄老座下高手萬悉解。襄老、費無極和武城黑三人正在將軍府密議，招呼萬悉解的責任落在他肩上。另一高手鄭樨另有任務。同行的還有幾個費無極座下長戈三十六騎的高手。

中行一直以來，都擔心郤氏族人的報復，餘者他並不懼怕，獨對郤桓度懷有極大的恐懼，這人確是厲害，居然能在天羅地網中逃逸無蹤，有鬼神莫測的奇能。

二十餘騎緩緩而行，慢慢轉入通往市集的大街，時值正午時分，街上行人熙來攘往，過路的騾車，要呼喝路人讓開才得通過。當然路人一見中行等的聲勢，自要讓開一條通路。

中行和萬悉解一邊談笑，一邊緩緩前進。

行人讓開長路的另一端，一輛雙馬拉動的馬車緩緩駛來，趕車的人頭戴竹笠，看不清楚面目。

中行領前行的兩個親隨，一見駛來的馬車毫無讓道的意思，連忙喝罵起來。

迎面的馬車來至三丈的距離，駕車的大漢一揚馬鞭，重重打在馬背上，健馬長嘶一聲，連著馬車向著中行、萬悉解迎頭衝去。

中行、萬悉解等均是身經百戰的武士，一齊大喝，兵刃紛紛在手，這時馬車已撞上最前排的楚兵。

御車的大漢躍離座位，一踏馬背，比狂奔的馬車更迅快凌空橫沖過來，在楚兵中間穿過，手中寒芒閃動，兩名楚兵連著兩蓬血雨，往旁倒跌落馬。

御馬的大漢臉上蒙著白布，只露出雙眼，毫不停留，左腳踏在左邊的空馬上，身形倏地彈起，箭矢般向中行飆來。

中行見刺客來勢洶洶，身後緊跟著狂衝而來的馬車，活像地獄走出來索命的死神。他知道這時退縮不得，奮起意志，一夾馬腹，健馬前奔，長劍乘勢向前直刺。

萬悉解不愧高手，反應迅快，手中長劍由左側配合著中行，斜攻而上。

其他親隨和長戈三十六騎中的幾名好手，反應慢了一線，一時被擋在外圍，插不上手。

刺客的長劍銀光閃爍，大異於萬悉解和中行兩人的銅劍，瞬間兩聲輕響傳來，刺客的長劍先把萬悉解的長劍震開，跟著和中行的銅劍絞擊在一起。刺客不退反進，借長劍雙交之力，一個前翻，飛臨中行頭頂的上空。

萬悉解長劍遭刺客閃電震開時，全身一陣痠麻，幾乎長劍墜地，大駭下倒滾落馬。

中行見馬前寒芒一動，手中銅劍猛然直刺，給敵人長劍一絞，一股大力似欲將自己拉前倒撞下馬，魂飛魄散下，大力抽劍後退，眼前人影一花，敵人不知去向，聽得四周驚呼傳來，心知不妥，感覺頭頂一涼，一柄長劍從頂心直插而下，不及慘叫，一命嗚呼。

刺客身形不停，右腳一點中行肩膊，身形再起，帶出插在中行頭頂的長劍，一股血箭直飆上半空尋丈有餘，血花灑在地上時，刺客早側躍在道旁的民房瓦頂，身形一閃不見。

中行的屍身這才「砰」的一聲，離馬倒撞地上。

眾人目定口呆，儘管他們身經百戰，這樣驚人的劍術，行動的迅捷有力，都是聞所未聞，見所未見。

整件事前後不過瞬息之間，中行變爲一條死屍。

在長街上，襄老蹲在地下，很仔細地檢查地上三條屍身的傷口，不斷詢問站在一旁的萬悉解，問及當時每一個細節。

費無極和武城黑兩人站在旁邊，臉上毫無不耐煩的表情，他們知道襄老每一個問題都不是無的放矢。

襄老環顧眾人，最後停在手下鄭樨和萬悉解身上道：「立即下我之命，各人準備最簡單的行裝，在兩刻鐘時間內隨我上路。」

費無極一愕道：「連尹今次奉令來此有重要任務，追查凶徒之事，何不交給下面的人去辦？」

襄老哂道：「他們怎辦得了？」

這時有手下走來報告道：「凶徒的馬車和馬匹都有城北正興車馬行的標誌，據車馬行的人說，這人年約三十，身體魁梧，租車時手上並無兵器。」

另一個手下續道：「這人五日前在城南的飛來旅店居住，終日深居簡出，從來不與人招呼，今早才結賬離去。」

襄老緩緩道：「五日前剛好是我來此地那天，果然是他；郤桓度今次你孤身來犯，我看你如何逃過我的五指大關。」

一隻手慢慢張開，又再抓緊，骨節劈啪作響，眼中射出興奮的光芒。

費無極道：「襄兄國事爲重，還望三思。」

襄老眼光轉望費無極，連費無極這樣功力高絕而又深沉的人，也覺得心膽俱寒。襄老眼中閃爍著流轉不停的精光，如箭矢般射入他的獨眼內。

武城黑一語不發，一副坐看好戲的樣子。這人精擅兵法，武藝卻只是一般，所以並不如郤宛那樣招忌。

襄老道：「我意已決，不用多言。」

他緩緩望向遠方，心想恰好我在這數月間，特別在方城和上蔡這一帶佈下最嚴密的偵察網，防止北方諸國的間諜混入，應付緊張的局勢，郤桓度你如盲頭蒼蠅，這樣一頭撞進來，保你不能逃出百里之外。

他緊握的拳頭張開再抓緊，似乎正捏著郤桓度的咽喉。

一戰之恥，令他失去奪回夏姬的機會，郤桓度成爲了他最切齒痛恨的人。

襄老誓言道：「郤桓度，我一定要將你手刃劍下。」

襄老便像一條最凶猛的毒蛇，郤桓度這一腳，踏正毒蛇的尾巴。

追獵正要開始。

獵人可以變爲獵物，獵物也可以反轉過來成爲獵人。

「故五行無常勝，四時無常位，日有短長，月有死生」。

勝敗本來就是一線之隔。

數十騎在官道上急馳前進，襄老盡領麾下高手，緊躡郤桓度的路線銜尾窮追。

襄老對自己佈下的偵察網極感滿意，一路不斷收到郤桓度的資料，郤桓度顯然想由上蔡北行，橫渡汝水，直趨召陵，那處乃十八國會師之所，諒楚人不敢追去。

襄老暗笑郤桓度打錯主意，同時估計他徒步而行，無論如何快捷，己方的快馬一定可以在汝水前把他追及。

這時接近黃昏，襄老在一個小鎮換馬，連夜趕路。

馬不停蹄，襄老一行直追上「重岡」，這處山巒起伏，一過這橫亙的山脈，汝水便在十里之處迂迴而流。

明月高掛天上，月色灑下林間，上山的道路清晰可見，道路險陡難走。襄老使人牽著馬匹跟來，自己和萬悉解、鄭樨幾個武功最高強的手下展開身法，掠上山頭。

數人身法極快，不須半個時辰掠上山頭，正要走往下山的道路，驀地路中心一人提劍卓立，正是他們苦苦追趕的郤桓度。

郤桓度從容不迫道：「貴客遠來，我豈能不專程恭候。」

眾人大驚失色，紛紛抽出兵器。

襄老面容不改，淡然道：「郤兄手上可是越人鑄製的鐵劍？」

郤桓度心下佩服襄老的眼光和見識，答道：「襄兄果然目光如炬，這是越國大師歐冶子的精心傑作，襄兄一說便中。」

襄老說道：「這鐵劍型制特別，故而我一看便知，我曾費過一番工夫找尋它的下落，知道它最後的主人是吳王闔閭，只不知我應該稱你爲孫兄還是郤兄？」

郤桓度幾乎失聲驚呼，襄老煞是厲害，居然憑一把鐵劍推測出自己目下虛虛實實的身分。當然他一定在吳國佈下眼線，才能如此迅速作出推論。

襄老一陣長笑，道：「所以我方若有任何一人成功逃離此地，我看比殺了你更使你難過。」說罷一揮手，身後數人立即分左右躍入林中，跟著一陣打鬥兵器碰擊之聲傳來，襄老方面躍入林中的手下均被截著。

襄老立在路中心，臉上露出不屑的表情，緩緩抽出腰佩的銅劍，一邊道：「儘管你鐵劍再鋒利十倍，也難助你今天脫離此劫。」

郤桓度長劍直指襄老，他勝在手持鐵劍，但他最大的弱點，就是假若襄老決意逃走，他一定要奮不顧身死命阻止。狡猾如襄老，一定會利用這個形勢來得到最大的利益。

襄老長劍以雙手平舉胸前，兩眼凶光直射兩丈外的郤桓度。

郤桓度長劍橫在胸前，很快晉入「守心」的境界，一時間所有的事物都給拋諸腦後，眼中清楚看見襄老每一個部位，甚至連他的指尖、睫毛，亦如在目前。

至靜至極中，襄老全身傾動飆前，手中長劍驀地彈上半空，劍尖指向郤桓度，在身前兩丈處的空間，如一點寒芒，向他面門迅如電閃般奔來。

郤桓度一聲長嘯，橫在胸前的鐵劍上下迅速直上直落的移動，一連串金鐵交鳴的密集聲音，像珠子落在玉盤般，每一下聲音的間隔都是不差毫釐。

兩人倏又分開。

襄老銅劍高舉過頭，形相猙獰道：「你手中若非鐵劍，我這四十八擊足可令你的長劍變為碎屑。」

郤桓度知他所言不虛，道：「你自知不敵，爲何不夾著尾巴滾回上蔡？」

第二十章　鐵龍揚威

襄老臉上肌肉抖動，他不是不知逃走其實是最佳打擊郤桓度的方法，可是要他命令手下逃走尚可，自己逃走卻是萬難；因他就算破壞了郤桓度在吳國的事業，但一來他不能殺掉郤桓度，二來成了兩度敗在郤桓度手下的懦夫，教他何能甘心。郤桓度正是看準他這弱點。

兩人無論在心理和戰術上都在不斷較量。

襄老回復冷靜，冷冷道：「郤桓度，希望你的劍和你的口一樣硬。」

高舉頭上的長劍從頭頂直劈而下，配合著身形前衝，變成直往兩丈外的郤桓度當頭劈下去。這一下身形和手勢的配合，無懈可擊，表面看來簡單，其實是千錘百鍊下妙手偶得的成果。

襄老的長劍挾著雷霆萬鈞之威，仿似破開十重青天，從雲外一劍擊下。

郤桓度長劍向上側挑，恰好擊中襄老長劍的劍身，「噹」一聲大震，襄老倒飛向後，郤桓度亦踉踉蹌蹌向後退開去，兩人嘴角溢出鮮血，這一下硬碰毫無轉化之處，內力互擊下，同時受傷。

郤桓度退勢剛止，他知道這一下硬接，大家都試出與對方功力悉敵，可是郤桓度佔了鐵劍的便宜，他恐怕襄老改變主意，眞個逃走，所以身形甫定，未及調氣立即冒險出擊。

郤桓度疾如電火般拉近與襄老的距離，手中長劍幻化出千重劍氣，一波一波向襄老捲去。

襄老默然冷笑，長劍反巧爲拙，大刀闊斧劈出幾劍，有如衝殺於萬馬千軍之中，生出一種猛烈的感覺。

這幾下平平無奇的側劈，在郤桓度的劍網上產生了震耳欲聾的金鐵交鳴聲，郤桓度劍網一滯，襄老手中寒芒大盛，直往郤桓度迫去。

郤桓度邊擋邊退，剛才襄老數劍以拙勝巧，他雖不致立即敗陣，卻一時間落在下風，襄老得勢不饒人，每一刺劈都貫滿眞力，務求速速斃敵。

郤桓度展開渾身解數，仍然處在下風，他知道假若敗勢一成，絕難平反。當退到第二十八步時，一聲長嘯，長劍全力反刺，肩上血光暴現。襄老亦爲了退避自己這同歸於盡的反擊，抽身退後，只能刺傷他的肩頭。

二人再次成對峙的局面。

郤桓度身形微向前俯，像一隻待勢而撲的猛豹，長劍捧在胸前，斜指向天。

襄老前膝跪地，左手持劍，斜斜指向郤桓度。

兩人再不敢輕視對方。襄老驚懍郤桓度驚人的判斷和意志力，居然在劣勢下，仍能以同歸於盡的手法扳回平手。

郤桓度肩上鮮血直淌，幸好未傷及筋骨，不成大礙。

殺氣瀰漫。

驀地兩人齊聲大喝。

乍合倏分。

這時才傳來金鐵交鳴的悶響。

郤桓度臉色蒼白，七孔溢出鮮血，長劍柱地支持身體。

襄老手中銅劍寸寸碎斷，胸前一灘血跡，迅速擴大。

襄老緩緩倒下。

郤桓度暗叫僥倖，兩人功力相若，錯非是手中「鐵劍」遠勝襄老的銅劍，必是同歸於盡的結局。

卓本長的語聲傳來道：「主公！敵人全部解決。」接著語聲轉急：「主公！你怎樣了？」

郤桓度本想微笑，但只能嘴角一牽，以弱不可聞的聲音道：「大功告成，立即撤走。」

三個月後郤桓度返抵吳國，精神尤勝往昔，與襄老一戰，使他劍術更上層樓，休息了個多月後，完全康復過來，乘勢留在楚國，一方面訓練手下各人，另一方面精研劍術，好應付將來與囊瓦一戰。

郤桓度返抵府中，立即準備沐浴更衣，入宮進謁吳王。豈知夫舒雅已在府上和夷蝶一起，成了知交。

夫舒雅和夷蝶都清減了少許，清麗可人。

夫舒雅一見他便別轉了臉，神情委屈，對郤桓度不帶她同行，難以釋懷。

郤桓度伸出強壯的臂膀，輕輕分左右抄著兩女蠻腰，溫柔地道：「雅兒，難道不高興我回來嗎？」

夷蝶急忙代她分辯道：「怎麼會，雅妹每天都來等你……」還未說完，已給夫舒雅捏了一把。

郤桓度心叫完了，夫舒雅天天來此，他們的戀情當是街知巷聞，不知他父親夫概如何看待自己？口中卻不閒著，道：「也好！一齊陪我沐浴吧！」

兩女粉臉通紅，齊齊脫身逃去。

郤桓度一抵吳宮，便知有大事發生。

吳王闔閭和一眾大臣均聚集在殿上，見到郤桓度歸來，無不大喜。

伍子胥扼要地向郤桓度說了最新的局勢發展。

楚國令尹囊瓦向蔡國索取名裘及珮玉，又向唐國索馬，兩國的國君斷然拒絕，囊瓦勃然大怒，欲把兩國國君軟禁，令中原各國大為惱火。

蔡昭侯朝晉，請晉國以中原盟主的身分，征伐楚國。當時晉國范獻子主政，以周室名義，號召天下，遂有召陵之會，晉、魯、宋、衛、陳、蔡、鄭、許、曹、莒、邾、頓、胡、杞、小邾、滕、薛各國君王，及齊、周等，均有到來參與，聲勢之大，一時無兩。

豈知晉國權卿荀寅，向蔡昭侯求賄被拒，竟大力勸范獻子拒絕出兵，其詞曰：「國家方危，諸侯方貳，將以襲敵，不亦難乎？水潦方降，疾瘧方起，中山不服，棄盟取怨，無損於楚，而失中山，不如辭蔡侯。吾自方城以來，楚未可以得志，祇取勤焉。」

范獻子因此拒絕出兵，致攻楚之議半途而廢。晉國此舉失信天下，盟主的地位大損，也失去諸侯的支持，變成名存實亡的盟主。

蔡、唐兩國哭訴無門，轉向吳王闔閭求援，吳王闔閭既喜且驚，正在商議間，郤桓度恰好抵達。

各人商議了兩個多時辰，仍無定策，兼之郤桓度剛從楚國回來，眾人都很想聽取他的意見。

郤桓度緩緩道：「自三年前開始，我們先後奪得楚國在淮河流域的三個重鎮，巢、州來及鍾離，全面控制了淮河中下游。我國的戰船，可以暢通無阻地抵達荊楚，可以說在與楚的長期鬥爭中，第一次取得這樣有利的形勢。唯一欠缺的，就是一個很好的藉口，使我們大舉攻楚時，出師有名。現在這是不能再好的機會了。」

眾人一齊點頭，北上爭霸，原就是吳國的國策。其實擴展土地，正是春秋戰國大大小小國家的同一目標和方向，也是富強之道，否則弱肉強食，難逃滅亡的命運。

闔閭道：「不知孫將軍此行，有何收穫？」

眾人露出傾聽的神態，目下進攻楚國在即，戰略成爲最首要考慮的因素。

郤桓度微微一笑，在這裡賣個關子道：「如若大王批准，小將在稍後再詳細報告。現在我想先聽大家高見。」

闔閭知他一舉一動莫不暗含深意，微笑道：「當然可以，就讓眾位各抒高見。」

白喜道：「一直以來，我們都知道敗楚的訣要在於速戰速決。所以針對此點，我曾根據楚國的地形，設計能最快抵達楚都『郢』的路線。」

說到這裡，白喜賣個關子，察看眾人的反應，看見各人露出傾聽的神色，大是滿意道：「我的構想是這樣，沿著淮河南岸向西推進，穿越大別山，攻方城，南下豫章，由豫章西行渡溳水，一抵此地，郢便在三日馬程之內，大王以爲如何？」

伍子胥道：「白將軍所設計的行軍路線，無疑是最快速入郢的路線，微臣毫無異議，可慮者敵人在這條路上，關隘重重，例如方城乃楚國軍事重鎮，在北方諸國的進攻下，依然屹立不倒，兼之在那一帶主事的武城黑精擅兵法，以逸代勞，我方勝算不敢樂觀。」

白喜道：「將軍所慮甚是，但若拖長行軍的時間，不是更予敵人打擊我們的機會？」

夫概道：「我對大家的憂慮，頗有同感。往昔我軍節節勝利，連奪州來、鍾離和巢三邑，圍『弦』、侵『潛』、『六』，緊逼楚國本土，造成今日的優勢，在於『敵遠我近』四個字，楚師鞭長莫及，故而每戰必敗。可是今次我大吳勞師遠征，形勢扭轉，變成敵近我遠，相差不可以里計。我軍盡起，縱或較楚軍精銳，也只不過區區三萬之數，即使我們能克勝於初，敵人的後援源源不絕，我方勝望不大。」

眾人心下無不懍然，夫概一向主戰，但審度形勢，仍然不支持一場大規模深入楚境的遠征。

跟著其他大臣斗山等一齊附和，表示了不支持出征的態度。

闔閭心下躊躇，若不利用這良機，如何能完成爭霸的大業。忽然省起郤桓度這個孫武，這人在吳國威望日隆，連夫概、白喜等也得賣他賬，這時他微笑不語，臉上神情高深莫測，使人難以揣測他的心意。

闔閭腦中靈光一動，知道郤桓度先讓各人指出難處，再一一化解，這樣才足以使上下一心，再無疑慮。連忙道：「孫將軍！應是你說出高見的時刻了。」

殿內頓時鴉雀無聲，靜待這個天下知名的兵法大家，如何化腐朽爲神奇，解開這個死結。

郤桓度從容一笑，暗忖自己集兵法、劍法的大成，連夫概、白喜都以他馬首是瞻，這對於擊敗強楚最爲有利。此刻若不能使眾人心悅誠服，將來入楚，必因缺少合作默契和信心，成爲致敗的因素。

郤桓度沉聲道：「我方和楚國的形勢比較，不須我再多作廢言，不過我卻要指出制勝之道，全在於戰術的運用，今次我到楚國探路，便是針對敵我實力定下行軍之計。我曾在『勢篇』提出『故形人而我無形，則我專而敵分；我專爲一，敵分爲十，是以十攻其一也，則我眾而敵寡；能以眾擊寡者，則吾之所與戰者，約矣』。」

這是說楚人目標明顯，兵力分佈清楚可知，反而吳軍若能令楚人難知其進兵路線，便能由「有形」變作「無形」，如此敵人必然因防守之處多以致兵力分散，在這個情形下，變爲「我專而敵分」，「我眾而敵寡」。這個道理清楚明顯，不過如何能達到這個目標，才是難題。

闔閭說出了眾人的想法道：「願聞其詳。」

郤桓度道：「淮汭以西，長期駐有楚國大將申息之軍隊，若我冒然西進，大戰勢所難免，以寡擊眾，勝負殊難預料。儘管得過此關，其後西攻方城，南搗郢都，尚須頻繁的接戰，此等重兵交接，攻其有備，於我等遠征之師至爲不利，萬不可行。」

眾人露出同意的神情，這等於否定了白喜最短行軍路線的提議。

郤桓度待無人提出意見時，續道：「首要之務，一定要避開方城一關，免得以硬碰硬，捨西就南，實行遠程奔襲，攻其必守之地，這下必然大出楚人意料之外。」說到這裡，停了一停，微笑道：「使他們疲於奔命。」

殿內眾人無不莞爾，整殿氣氛頓然輕鬆起來。原來這「疲於奔命」四字出於巫臣，當日巫臣藉出使齊國之利，帶走夏姬，襄老和公子反懷恨在心，聯合殺盡巫臣的家族，瓜分他的財產，巫臣大怒下，由晉致書二人，誓必使他們「疲於奔命以死」，向晉獻聯吳制楚之策，故而有來使吳國之事。

大臣斗山道：「若沿淮水南行，不經方城入郢之路，反改向南，推進的路線如何？」

郤桓度道：「這一問正是我楚國之行的目的。」

語氣中露出強大信心，他既曾實地偵察，自然能以專家身分提出意見。

郤桓度續道：「若從淮汭攻楚，有兩條路徑，一是西經方城，另一則是通過冥阨、直轅、大隧的三個關隘，向西南推進，直趨漢水，溯漢而上，郢都指日可達。」

夫概擊節歎道：「孫將軍高見。楚人爲防衛郢都，對附近關隘一向嚴謹，但這冥阨等三關既偏且遠，因有高山所阻，不能西進，只可南下，故而防守粗疏。唯一可慮者，這條路線盡多低窪沼澤，三關又位於大別山脈，不利行車，對於我們新近習得的車戰之術，大大不利。」

闔閭和伍子胥會心微笑，暗讚郤桓度高瞻遠矚，一早定下應付之策。

郤桓度果然道：「以車戰對車戰，正是以己之短，攻敵之長，況且若經三關南下，雖有通道可循，卻須經過大片山地，兼且該處河湖眾多，不利笨重戰車馳騁。故而今次成敗的關鍵，在於以靈活的步兵，配合精銳的騎兵，再以優良的武器，對抗楚國自以爲無敵天下的車戰。」

郤桓度這個策略，正是孫武「計篇」上所說的「夫地形者，兵之助也。料敵制勝，計險厄遠近，上將之道也。知此而用戰者必勝；不知此而用戰者必敗」。

郤桓度深悉楚國的地形，刪除了用車戰的可能性。

闔閭道：「步兵行軍緩慢，當以何法解決？」

白喜插言道：「這個反爲容易，現今淮河中下游盡在我方控制下，可溯淮水西進，至淮汭棄舟經三關南下，直抵漢水，沿江而上，直達郢都。」

眾人稱善。

郤桓度補充道：「善攻者，敵不知其所守。楚國軍容鼎盛，若全軍對壘，我方戰必不利。故須多方誤敵，調動楚師，分散其防守力量，使楚人不知何處該守，何處該棄。」

闔閭略一沉吟，把各人的意見總結起來道：「所以誤敵之計，先是從淮水逆流而上，於淮汭棄舟登陸，避開敵軍嚴密防守的方城，跟著南下漢水，楚軍應防之處太多，兵力分散，致使我方勝算大增。」

言罷仰天長笑起來，這一笑，定下了中國歷史上最早的一次步兵大會戰。

吳師在郤桓度的設計下，釐定了選擇楚國東北境的三個關口爲突破點，正好打中了楚人防守上的薄弱環節，「出其所不趨，趨其所不意」，深遠迂迴，以奇兵取勝。達到孫武所說的「吾所與戰之地不可知，不可知則敵所備者多。敵所備者多，則吾所與戰者寡矣」。孫武若是泉下有知，必然心懷大慰。

闔閭道：「眾卿再無異議，立即準備，擇日出兵。」

眾人轟然應諾。

第二十一章　詭變之道

這個在吳國開國以來最重要的會議完畢後，眾人都匆匆離去。

夫概故意和郤桓度走在一起，伍子胥等知趣，連忙藉故離開，讓他二人有繼續傾談的機會。

夫概呵呵一笑，開門見山道：「孫將軍，看來很快你要改變對我的稱呼了。」

這一著深合孫子兵法的「攻其無備」，連郤桓度這樣老到，也不由臉色一紅，措手不及，連忙一陣假笑，希望搪塞過去。

夫概毫不放過，正容道：「大家只要是一家人，我一定在各方面大力支持你。」說完眼中寒芒閃動，灼灼地注視著郤桓度。

郤桓度知道他要自己表明立場，心念電轉。夫概野心極大，怎甘心只做吳國的第二號人物，不過闔閭雄才大略，擅於用人，一向把他壓在下面，但無論如何，闔閭有恩於他，他斷不能掉轉槍頭，反來助夫概。然而基於與夫舒雅發生了不應該發生的關係，他亦感到難以與夫概正面為敵，這一下真是進退兩難。心中萌生從中隱退的思想。

其實他有更深一層的理由，驅使他引退的意念，當日自楚國逃出時，和墨翟的一番交談，說及當今種種不平等的現象，使他時時反覆思量，兼且他手下還有五百家將，這一大批人，待擊殺囊瓦後，便要找地方安置，他的理想是到一個偏野的地方，開拓新的國度，振興家族，建立心目中的制度。夫概這樣一來，使他更加強這個想法。

郤桓度回復冷靜，若無其事道：「夫概愛護孫武，孫武必銜環以報，何況我們均為大吳出力，目標相同，夫概可以放心。」

這幾句話運用巧妙，可供不同詮釋，夫概一時拿他沒法，兩人話題轉到軍事方面的佈置，才分道回府。

郤桓度回到將軍府，已是次日的清晨，夫舒雅和夷蝶居然等了他一晚。

郤桓度要兩人進入書房。

一進書房，兩女臉紅過耳，都想起在書房內的種種遭遇，不知郤桓度會否重施故技，芳心卜卜。

這次郤桓度正經得很，肅容道：「假設我拋棄這裡的一切，到一個遙遠的地方建立家園，你兩人能否亦拋開一切，隨我同去？」

兩女一震，抬起頭來。

夷蝶想也不想道：「我孑然一身，你不嫌棄，甚麼地方我也願意侍奉在側。」

郤桓度心中欣慰，望向夫舒雅。

夫舒雅低首沉吟，她冰雪聰明，隱隱估計出是和父親有關。她一向在夫概愛寵之下，如何會想到要作這樣的決定？

她茫然抬起俏臉，以細不可聞的聲音道：「我不知道！」

郤桓度知道這才是最合理的答案，一邊是疼愛自己的生父，一邊是自己熱戀的情郎，當然難以驟下取捨，可是心下仍有點失望。

三日後的清晨，大軍便要出發。

郤桓度心中升起一團熱火。等待多年的日子終於來臨，家族的血恨曾使他從多少個噩夢中驚醒過來。

擊敗楚國，難比登天。

要手刃被譽爲楚國第一高手的囊瓦，此人武功尤在襄老之上，更是難上加難。

但是他有選擇的餘地嗎？

箭在弦上，不得不發。

長江在湖北和四川間被一道長峽約束住，山峽向東南奔放，瀉成汪洋萬頃的洞庭湖，再折向東北，至武昌，與漢水相接。長江水和漢水界劃著一大片的沃原，這便是荊楚民族的根據地。強大的春秋戰國霸主楚國，就是從這塊土地興盛起來。

春秋初期，周人雖沿漢水下游樹立了一些小封國，但因爲國力所限，非但不能牽制楚國，反適足以供它蠶食。

在強楚西面一帶，巴、庸等均爲弱小民族，只配做楚的附庸。南面洞庭湖外是無窮無盡的荒林，提供了楚國開拓的荒地。

在東面，迄春秋末葉吳國勃興以前，楚人也無勁敵。所以一向以來，楚國只有侵略別國的分兒，沒有被侵略的恐懼。

這種安全是北面諸夏國家所欠奉的。軍事上的安全，土壤肥美，人口密度低，楚人比起當時各國，有一種使人仰羨不及的經濟安全，成爲當時軍事和經濟巨人，吳師今次溯淮而上，以長期受訓的三萬精銳，要向這不倒的軍事巨人挑戰。

郤桓度卓立在戰船前端，長江兩岸壯麗景色盡收眼底。

此行的勝敗，確實難料，雖說楚國令尹囊瓦敗壞楚政，可是楚國實力十倍於吳，國家盛強已久，兵員訓練精良，加上猛將如雲，謀臣如雨，在這等國家存亡之際，必能上下一心，誓抗吳師。所以吳國可以取勝的方法，全在戰術的較量上，這可說是一場最大的軍事投注和賭博。

今次吳王闔閭毅然出師，孤注一擲，郤桓度知道有大部分原因是基於他對他郤桓度的信心。他對這次戰爭雖然有強大的爭勝信念，卻是完全主觀的想法，這便和劍道一樣，每一劍擊出，都要有強大的信心支持，才可把劍術的極致發揮出來，至於能否取得眞正的最後勝利，那是另一個問題。

若眞正量度敵我雙方的形勢，吳國幾乎必敗無疑，最可能的情形，是先小勝，後大敗。因爲楚國壓倒性的軍力，比吳國的遠征軍，更具備了打持久戰的條件。

郤桓度看著船上擺放一排排的木盾，心中微笑，木盾旁一個個的木箱，裡面放的便是今次殺敵取勝所倚賴的秘密武器，以機栝發動的強弩了。這兩樣精心設計的武器，都是今次行動的勝敗關鍵，如能適當地運用，可發揮出驚人的威力。

一向以來諸國都慣用革盾，現在正値春季，在野外作戰，革盾每被水氣侵透變軟，易被弓箭穿射，木盾就沒有這個毛病。

三百多艘巨舟在長江破浪推進，登陸的地點，於兩個時辰的水程之內。

吳國遠征大軍在新蔡東南，汝水和淮水交匯處登陸，依照郤桓度定下的路線，避過守在西面方城楚國大將申息的重兵，向南而下。

果如郤桓度所料，吳師捨舟就陸，不與楚國水師打水戰，又捨西就南，不與楚國結集於方城一線的重兵打硬仗，在在都出乎楚人意料之外，深合孫武兵法上所說的「故善攻者，敵不知其所守」。就戰役的開始階段來說，吳便是「善攻者」，而楚則「不知其所守」了。

吳軍三萬精銳之師，選取了楚軍防守最薄弱的冥阨、直轅、大隧三關，以勢如破竹之勢，穿過大別山，直下江漢，越過章山，揮師南下，抵達豫章。

又如郤桓度的估計，這種深遠迂迴的行軍路線，「出其所不趨，趨其所不意」，攻敵弱點，使吳兵長驅千餘里，完成春秋末葉這一遠程奔襲的壯舉。

吳師在豫章暫時駐紮，各主要將領又集中在闔閭的帥帳內，研討敵我形勢，以定行止。

闔閭環顧眾將，首先道：「我軍現在深入敵人腹地，隨時會展開與敵人的主力戰。」

說完目光轉向負責判研敵情的斗辛道：「只不知敵方的部署如何？」

斗辛肅容道：「我軍自從進入楚人的土地，一路避重就輕，據探子的描述，敵人的調動混亂無章，顯示出對我軍的行止無所適從。但囊瓦為了防止我們突然轉西攻郢都，在我軍目下的地點和郢都間，佈下了強大的防禦線，假設我們向郢都推進，將會在三日後與敵人的重兵相遇。」

闔閭道：「根據目下形勢，你認為我們下一步應採取甚麼行動？」

斗辛答道：「目下入郢的道路不外兩條，一是西走隨棗走廊，直逼郢都；另一是照原定計劃繼續南下，到達江漢平原後，繞過大洪山入郢。」

頓了一頓又道：「假設我軍改取第一條路線西行入郢，好處在趁敵人陣腳未穩，以快制慢，使決戰提早來臨。現今我方士氣高昂，可趁勢一舉擊破敵方主力，廓清入郢的通道。」

公卿子山附和道：「斗辛將軍之言不無道理，楚軍要守衛郢都的防線頗長，兵力難於集中。反之我等若繼續南下，時間拖長，楚軍得以從容佈置，我少敵眾，如何能勝？」

郤桓度所定的進軍路線，一直都非常成功，但到了這裡，吳方軍中開始另有異議。

伍子胥、夫概和白喜等都默不作聲，他們知道郤桓度將會提出他的理由，支持他最先定下的策略。

一時各人的目光都集中到郤桓度身上。

郤桓度知道這不是推讓的時候，淡淡一笑，從容道：「在一般情形，假設敵對雙方在相近的實力下，兩位的提議，是上上之策。」

說罷眼光環顧眾人，神光燦燦，使人感到他胸有成竹。

郤桓度續道：「可是楚人實力十倍於我，這樣貿然西進，猛攻敵人的主力，便是孤注一擲，九死一生。敵人若是初戰失利，反迫他們作曠日持久的消耗戰，更是不堪設想了。」

闔閭點頭道：「這是大家最關心的問題，孫將軍計將安出？」

郤桓度瀟灑一笑，露出雪白的牙齒，神態輕鬆地道：「我們如若西行入郢，是敵人意料中事，亦是這裡每一個人會做之事。所以我們要反其道而行，在這裡停師不動，靜待敵人大軍的攻擊。」

夫概朗聲長笑，他在軍事上卓有才華，立時把握到郤桓度此一戰略的神髓，道：「好一招引蛇出洞，囊瓦自負不世將才，不把天下人放在眼內，豈容我等長駐楚境，待摸清我們的地點後，一定以最高速度，盡起楚師東來，反成我方以逸待勞，形勢逆轉，不啻霄壤。」

白喜道：「而且是攻其所必救，這處附近的銅綠山，為楚人產銅的首要重地，此等戰略資源的產地，兵家必爭，豈容他人染指，楚人揮軍東來，殆無疑問。」

斗辛道：「如此一來，敵人便可調集兵力，向我們迎頭痛擊，孫將軍有何對策？」

一個詭異的笑容泛上郤桓度的唇角，他輕輕道：「聚而滅之。」

眾人一齊瞠目結舌。

兵者，詭變之道。

第二十二章　決勝漢水

吳王闔閭和手下一眾大將高踞馬上，遠遠眺看在漢水對岸，超過十萬人的楚國大軍軍容。

吳國除了五隊千人的騎兵隊外，其他清一色是步兵，在這邊岸上擺開陣勢，露出近漢水邊的大片土地，靜待楚軍渡江過來。

楚軍的工務兵正在設置擺渡，準備將戰車軍隊運過江來。

五日前吳師探得囊瓦親率大軍東來，便移師南下，形成現在夾江對峙的局勢。

戰幕至此全面拉開。

吳王闔閭傳下命令，不得在楚人渡江時攻擊。

楚軍中一陣戰鼓傳來，先頭部隊在重重革盾的掩護下，緩緩從十多個擺渡和兩道即建的木橋，源源不絕地越過漢水。

這時正是清晨時分，微有霧氣，視野不能及遠。

江漢平原颳起一陣陣的春風，吹得雙方的帥旗獵獵作響。戰車轔轔，健馬狂嘶，夾雜著一下接一下傳來的戰鼓，震動著每一個人的心弦。

楚軍不負盛名，行軍迅速，不到一個時辰已有超過半數的軍隊越過漢水，在這邊背靠漢水擺開戰陣，這時就算吳王闔閭改變主意，下達攻擊的命令，也不能影響到他們渡江了。這亦是郤桓度的意思，希望能與楚國的主力迅速決戰。

楚軍的戰車在陣前分數列橫排，每輛戰車後有一小隊步兵，騎兵佈在兩翼，楚軍後方帥旗高起，寫著一個「囊」字。另外還有十多枝將旗，代表楚國各位著名的將領，軍容極盛，聲勢逼人。

吳軍沉著不動。

夫概道：「左邊的是武城黑的先鋒部隊，右邊是申息的先鋒部隊，中軍是沈尹戌，後方是囊瓦、費無極和鄢將師，總兵力達二十萬人。最少有三千輛戰車，二萬騎兵。」

敵勢強，兼且猛將如雲，豪勇者如夫概也變得謙虛起來。

伍子胥看著楚國龐大的隊伍，眼中燃起仇恨的怒火，奮然道：「我伍子胥練兵十年，等的正是這一刻，快哉快哉！」

眾人感染了他的豪氣，士氣高漲起來。

「咚！咚！咚！」

一千輛戰車緩緩馳出，每輛戰車上的戰士，和著後方傳來的鼓聲，敲響橫懸車上的戰鼓。戰車上持戟的武士全把長戟指向吳軍，陡然加速，千輛戰車一齊向前衝刺，天地間一時充斥著萬馬奔騰、千車並馳的聲音，殺氣瀰漫整個戰場。

一排戰車橫衝而來，每輛戰車後面跟著百人一隊的步兵，一齊喊殺，直衝過來。楚人顯然希望以壓倒性的兵力、雷霆萬鈞的優勢，迅速以泰山蓋頂的聲勢，擊潰吳師。

當戰車離吳陣還有三十多丈的距離，一陣金鐵交鳴聲，楚軍兩翼各飛馳出一隊二千人的騎兵隊，分兩翼殺來，馬蹄狂奔，踢起漫天塵土，有如兩條威力無匹的龍捲風，配合著迎頭向吳陣衝去的戰車，分左右兩側向吳師直逼而來。

吳軍的前鋒部隊把木盾整整齊齊分三行排在陣前。長達里許的盾牌陣，把吳軍重重保護起來。

郤桓度大喝一聲：「預備神弩。」

吳軍戰鼓急擂，二千具上滿箭矢的弩弓，在木盾間分前後兩排瞄向敵人，吳國的最新武器終於派上用場。

戰車愈奔愈近，車上全身披掛的武士清晰可見，千百支長戟閃閃生光。車上另一戰士手執長弓，準備射進吳陣。

戰車衝入三百步之內，這是弩箭的射程，比普通箭矢遠了三倍有多。

郤桓度震天大喝道：「放箭！」

吳軍戰鼓擂得震耳欲聾，第一排千枝弩箭，像一千道電光般，往迎陣衝來的千輛戰車疾射而去，向最著名的車戰之術宣戰。

強勁的弩箭，透穿過披甲的馬身，透穿過披甲持戟的戰士，透穿過披甲持弓的箭手，一時人仰馬翻，整隊千輛戰車，有一大半亂成一團，戰士從馬車上倒撞下地，鮮血飛濺。

還有數百輛馬車繼續衝來。剛好第二排千枝弩箭及時射出，楚軍又一次人仰馬翻，血染黃沙。

吳軍一齊歡呼，兩側殺出夫概和白喜分率的兩隊騎兵，向兩側衝來的楚國騎兵迎頭殺去。

威震天下的楚國戰車至此宣告完蛋。

楚方一陣擂鼓，攻來的騎兵倒退而回，給吳方騎兵咬著尾兒廝殺，楚軍紛紛倒地，吳軍先聲奪人。

弩箭再次上膛。

整個吳軍的先頭部隊隨著戰鼓的節奏，手提木盾，緩緩迫向楚軍。

楚軍何曾見過如此驚人的武器，一時心膽俱寒。

決定性的一刻，終於來臨。

在郤桓度、伍子胥兩人的訓練下，吳軍三萬雄師成爲當世最可怕的戰鬥力量。

當吳師全軍緩緩推前時，左右兩翼的騎兵早源源殺出，尾隨著楚方退回的騎兵，分兩側殺入楚陣，短兵相接下，楚軍兩側一片混亂。

這時在楚軍的後方，囊瓦高大的身形，在全身甲冑外蓋上紅披風，高踞馬上，面容深沉，不露喜怒。他身邊是費無極和鄢將師，兩人面容蒼白，被吳方的強勁弩箭，嚇得心膽俱寒。

囊瓦發下命令道：「戰車停止出擊，持盾死守。」

戰鼓隆然響起，一排又一排長過人身的革盾，在陣前豎立起來，把楚軍遮得密不透風。

吳兵的推進緩而穩定，進入離楚陣三百步之處。

囊瓦喝道：「預備強弓！」

陣前的箭手紛紛把箭搭在弦上，等待一個拉弓的命令。

一般的強弓，威力只能遠及百步，過了這距離，勢頭、勁度都不準，囊瓦等的就是這個距離。

吳楚雙方在兩邊的騎兵血戰愈趨激烈，但在中間橫跨里計的空間卻沉靜無聲，只有戰鼓一下一下的敲響，活像來自地獄的魔音。

吳軍前進的速度，隨著鼓聲加速，逼近了楚陣前二百步內。

楚方兩列戰車二千輛分前後兩行打橫排開，接近三萬的步兵挺戈持戟，陣容整齊地排在兩列橫亙一里的戰車後。

太陽的光線在兩軍一側斜斜射下，兵刃的反映，使整個戰場金光點點，閃爍不定。

吳兵繼續向楚陣推進，精銳的雄師腳步聲整齊有致，生出一種強大的氣勢，活像催命的音符。

五萬大軍，分開三組，囊瓦居中，遠眺吳軍逼近。

囊瓦心內暗數，一百五十步，一百四十步，一百二十步，還有二十步，便是己方強弓可及的範圍，只有二十步。

吳軍一陣震天鼓聲，至少有百個戰鼓同時敲響，最前的兩排步兵一齊蹲低，一聲大喝下，一排千個強弩伸出，機栝輕響，千枝弩箭往楚陣射去。

無可匹敵的弩箭，射穿了戰士的革盾，透過了戰士的護甲，透過了戰馬披甲的馬體，帶起了一蓬一蓬的鮮血。

楚軍陣前人仰馬翻，兵士浴血倒下，亂成一片。

這時第二排千枝弩箭，又射入楚陣。

楚兵的箭手下意識地放箭，最遠的也只在吳軍陣前十步外落下，對吳兵毫無威脅。

跟著是第三排的弩箭，這次弩箭向天空發射，千枝弩箭在天空劃過一個美麗的弧度，深深地射入楚軍陣內，這些弩箭威脅較小，但亦造成楚兵很大的混亂。

囊瓦知道不能容許這情形繼續下去，一聲令下，戰車後的步兵一齊從戰車間衝殺出來，往吳陣殺去。

戰車大部分戰馬都倒在血泊下，楚國名震天下的車戰之術，完全派不上用場。楚人步兵本是較弱的一環，現在卻要倚賴它殺敵取勝。

吳方弩箭一排排射向衝來的楚兵，鮮血四濺中楚兵紛紛倒下。

囊瓦一聲令下，居中兩旁的騎兵緩緩前進，以強大的兵力，準備援助傷亡慘重的先鋒部隊。

郤桓度知時機成熟，一聲號令，吳軍的中間裂開一條通道，郤桓度手揮「鐵龍」，一馬當先，率著二千精銳的騎兵，從這隙縫直殺出陣，望楚人殺去，一時馬蹄衝奔的聲音，震動著整個戰場。

當郤桓度親率的騎兵隊剛衝出陣，吳軍前排的過萬步兵一聲發喊，亦持著矛戈向前衝殺，像一個三角形的尖錐，直刺向楚人的心臟。

郤桓度策騎走在這尖錐的尖端，刹那間投進重重楚軍內，踏著屍體，向敵人攻去。

「鐵龍」在馬前化作寒芒萬道，楚人紛紛在血泊中倒下，不一刻整隊騎兵在他的率領下，殺進敵人的腹地，把楚人的先鋒部隊衝得七零八落，潰不成軍，活像一個血肉的屠場。

囊瓦首次臉色大變道：「那人是誰？」

費無極道：「讓我手刃此人。」一拍馬，率著近衛，向郤桓度殺去。

吳王闔閭和伍子胥在後方壓陣，笑道：「囊瓦準備做最後反擊，應是我們出動的時候了。」

一聲令下，剩下的一萬大軍向前推進，決戰全面開展。

夫概與白喜率領的騎兵開始取得上風，把敵人逼得節節退回本陣。

整個戰場除了闔閭的一萬精兵和囊瓦的三萬兵力，全部戰員都投入了混戰，一片慘烈。

郤桓度在敵陣內來回衝殺，所向披靡，瓦解了敵人一波又一波的反攻，身後騎兵士氣高昂，在他帶領下，有如虎入羊群。

楚人最擅車戰，一旦失去所依，無論在士氣和實力上的打擊，都大得難以估計。

忽地一隊敵人殺奔過來，郤桓度頓覺壓力大增，數支長矛如毒龍般在不同角度刺來，殺氣騰騰，郤桓度有種似曾相識的感覺，猛然省起這不就是費無極的長戈三十六騎。

郤桓度一聲長嘯，不懼反喜，「鐵龍」在空中旋轉飛舞，長戈紛紛從中折斷，他一直以來苦思破這長戈三十六騎的戈法，這下正好派上用場，寒芒數閃，名動楚國的三十六騎，紛紛倒跌馬下，身首異處。

就在這時，一股勁風在身側閃電般擊來，郤桓度大喝一聲，硬將「鐵龍」收回側劈，「噹」

的一聲，把刺來的長矛劈開。

郤桓度側頭一看，一個身材高大的獨眼楚將，把被郤桓度格開的長矛一收一放，改了個角度，破空刺來，長矛帶起的勁風撲面而至。

郤桓度心下大喜，心想你費無極送上門來，省得我費力尋你。

整個身體驀地從馬上彈起，一腳踏上刺來的矛頭，再一個倒翻直往費無極掠去，手中「鐵龍」橫劈費無極的頭顱。

費無極心下大駭，對方渾身披甲，頭戴銅胄，躍上空中輕盈有如狸貓，這等武功，前所未見。

他不知郤桓度在與襄老一戰獲益良多，功力更上一層樓，費無極還不及當時的襄老，怎能不魂飛魄散？

費無極名列楚國四大劍手之三，盛名非虛，反應的迅速也是超凡，他持矛的雙手立即放開，手中金光一動，抽出腰際護身的銅劍，剛好迎上郤桓度側劈而來的「鐵龍」。

棄矛、拔劍、格擊三個動作在眨眼間完成，行雲流水，毫無停滯。

郤桓度暗讚一聲，人尚凌空，手中「鐵龍」又再變化。

費無極長劍眼看便格上郤桓度的劍，只見對方的長劍巧妙地一移，變成和自己的長劍平行，但卻處於略高分毫的角度，兩劍互錯而過，剛好對手淩空在上，他的長劍在對方的身下切過，敵人的長劍，在越過了自己的長劍後，直削向自己的頭臉，劍未到，一股凜冽的劍氣先割臉而來。

費無極大喝一聲，不及把劍收回來，棄劍倒翻下馬，頭頂一涼，護頭的銅冑連著頭皮被削下了一大塊。

費無極見敵人劍勁如此厲害，大生怯意，展開身法，向右側搶去。忽地異聲從背後響起，費無極知道不妙，正要加速，後心一涼，一把長劍透背而過，在胸前突出一截劍尖。費無極一聲慘叫，仆前死去。

費無極撕心裂肺的叫聲傳入囊瓦的耳內時，他和他的部隊剛好投入戰鬥。

囊瓦手執長戟，閃動間必有吳兵浴血慘死，他知道擒賊先擒王的道理，看見闔閭的大旗在二百步外的人海裡，一聲令下，當先向大旗的方向殺去。

吳兵奮不顧身地攔截，紛紛在囊瓦驚人的武功下當場被擊斃，爲楚軍挽回不少劣勢。

眼看離闔閭不遠，一名吳國大將迎面衝來，囊瓦一見大喜，喝道：「伍子胥，爲甚麼這麼急著送死。」

伍子胥怒喝一聲，手中長槍閃動，當胸刺來。

囊瓦一聲嘲笑，長戟「嚓」的一聲，把伍子胥連續刺來的十多槍一一架開，一副全不費力的樣子。

伍子胥卻是暗自叫苦連天，囊瓦長戟貫滿眞氣，數十下交擊下，他雙臂痠麻，槍法一滯。

囊瓦何等樣人，長戟乘虛而入，直往伍子胥胸前刺去。

伍子胥一聲大喝，翻身落馬，避過胸前要害，左肩鮮血飛濺。

囊瓦一夾馬腹，正要趨前斃敵於馬下，「嗖嗖」連聲，兩枝弩箭在近處激射而來。

囊瓦不敢托大，長戟在胸前上下迅速揮動，「噹噹」兩聲，迅快的弩箭居然給他擋開。但吳方藉著這個空隙，把伍子胥救回陣來，轉眼便被重重的吳兵阻隔著，囊瓦暗叫可惜，正欲繼續深入吳陣，一把聲音在背後響起道：「囊瓦！」

囊瓦抽馬回頭，丈許外有一吳國大將，手中長劍閃動下，己方人馬紛紛倒地，往自己殺來，登時認得是費無極意欲手刃的吳將。

囊瓦沉聲道：「孫武！」

話還未完，已策騎向對方直衝過去，長戟直擊敵人。這一戟乃他一生功力所聚，力求一招斃敵，心想殺得此人，吳軍如折一臂。

長戟隨著疾奔的馬刺出，宛似一條惡龍，向郤桓度追噬而去。囊瓦紅披肩倒飛在後，有如一團紅雲捲向敵人。

郤桓度一聲長嘯，「鐵龍」在斬飛了一個楚將的頭顱後，劃過一個半圓，一劍劈在囊瓦刺來的長戟上。

「噹」一聲大震，兩人一齊倒翻下馬，好化去對方的勁力。

囊瓦腳才著地，視線剛好被馬匹所阻，剛要側躍開去，馬腹下劍芒一閃，敵人從馬腹下貼身攻來。

囊瓦這時的長戟反成為他的障礙，他將戟尾上封，一陣金鐵交鳴的聲音，敵劍刺了五十二下，他也用戟尾封擋了五十二下，但第五十三劍終於刺入他左脅下。

囊瓦大叫一聲，紅影一閃，倒飛向後，手中長戟順勢飛擲而出，那人滾地一閃，長戟穿破他身後的馬體，健馬一聲慘嘶，側倒地上，塵土飛揚。

囊瓦躍上身後吳國騎兵的馬上，雙掌一拍，吳兵七孔流血，倒跌下馬。

郤桓度避過長戟，還欲追趕，囊瓦已逃回陣內，不禁暗叫可惜，不過這一劍也有得他好受了。

這一戰直殺到當日黃昏，吳軍取得全面勝利。囊瓦的二十萬雄師，傷亡過半。在楚師退卻時，吳軍又乘勝追擊，殺得血流成河，屍橫遍野，把漢水變成血河。

費無極、鄢將師、武城黑當場身死，囊瓦僅以身免，率領殘軍退向柏舉。

第二十三章　飄然引退

漢水一戰後，吳師緊躡楚軍之尾，先後在柏舉等地多次接戰，吳師五戰五勝，直逼郢都。楚軍至此一敗塗地，無力反抗。

公元前五〇六年，周敬王十四年，吳軍攻入郢都。

郤桓度和闔閭在吳兵開路下，緩緩策騎，這時夫概和伍子胥的先鋒部隊早於兩個時辰前進城，把當今霸主的都城置於控制之下。

郢都不愧是楚國文化和經濟的集中地，入城後見的都是高堂巨宇，層台累榭，網戶朱綴，好一片繁華景象。

這時家家戶戶緊閉不出，大街除了吳兵「啲嗒啲嗒」的馬蹄聲外，落針可聞。眾兵初次來到這種大都會，都為其繁華所懾，目瞪口呆。

郤桓度無心景色，心中盤算卓本長等不知已否偵察出囊瓦的逃走路線，使自己得以成功追擊，手刃此罪魁禍首。時機稍縱即逝，行動迅速最為重要。

忽然耳邊傳來闔閭的說話，霍然驚覺，側頭看見闔閭神情興奮，抬首四望，讚歎不絕。

郤桓度道：「大王，我們成功入郢，應要依計劃行動，迫楚人割讓土地，使我們能有通路，直達中原。」

擴張原就是當時步向霸主的一個必經方式，晉、楚均如是。

闔閭神情有點不高興，若依原定計劃，他們在佔領楚都後三天便要撤離東退，霸佔靠近吳國的大片楚土。

闔閭道：「這等繁華大都，正合做我吳國京城，怎可輕輕放過？孫將軍你立即下我之令，準備在此長期駐軍，另外我會再遣夫概率領精兵，佔領由吳來此的重要據點。」神色堅決。

郤桓度還欲再勸，闔閭道：「楚人一敗塗地，無力反攻，若不藉此良機成不朽霸業，闔閭如何對得起歷代先王。」

郤桓度見他語氣凌厲，毫無轉圜餘地，知道勸之無益，頓時想起找伍子胥商量。

郤桓度道：「如此，待小將往傳大王命令。」

吳王闔閭容色稍霽，點頭示准。

郤桓度一夾馬腹，和數十名親兵當先馳去，不及一刻，遇上伍子胥的兵隊，問明路向，在郢都東郊找到伍子胥。

這處正是楚國歷代先王陵墓所在，不知伍子胥為何來此。

伍子胥見到郤桓度，歡喜地道：「孫將軍可好。」說著左眼眨了幾下。

郤桓度知道他含有戲謔成分，但自相識以來，何曾見過他如此興奮神態，心中感到不妥，又說不出不妥在何處。

郤桓度道：「大王改變主意，決定留在郢都。」

伍子胥眉頭一皺，沉吟一下道：「若他執意如此，我們也拿他沒法。」

郤桓度道：「伍將軍怎可不勸大王改變主意，否則可能由勝轉敗。」

伍子胥道：「楚國已亡，便過一段時間再算。」

郤桓度大驚失色道：「伍將軍何出此言，楚國畢竟是歷史悠久的大國，基礎牢固，雖然大敗，仍未致一蹶不振，況且楚、秦關係密切，若引得秦師來助，我軍形勢險惡，動輒有全軍覆沒的可能。」

伍子胥露出沉思的神情，瞬又搖頭道：「這事待會才說，我現在先要去掘出楚平王這大奸人的屍骨，鞭屍三百，洩我父兄被害之忿。」

郤桓度嚇得幾乎滾下馬來，急道：「萬萬不可，將軍如此一來，必然激起楚國軍民極大義憤，使其君臣上下一心，力抗我軍。」

伍子胥抬起頭來，充滿仇恨的眼光直射郤桓度，道：「孫將軍，能鞭平王之屍，乃我平生願望，任何人若要阻止，就是我伍子胥的大仇人。」

說完催馬繞過郤桓度緩緩走遠。

郤桓度和數十親兵呆在路中。

郤桓度見到先是闔閭迷於郢都繁華，意欲據爲己有，跟著是伍子胥被仇恨沖昏了腦袋，行爲乖常，心中暗萌退志。

在入郢前，君臣有著同一個目標，所以能齊心合力，使自己計策屢行屢效。但現下君臣各懷己志，想起孫武兵法上所說的「將聽吾計，用之必勝，留之。將不聽吾計，用之必敗，去之」。看來唯一方法就是「去之」了。

這時夫概方面有親兵來請。

很快郤桓度在楚宮內與夫概見面，夫概身後立著那四個郤桓度曾經在夫概府第武庫裡所見過的高手。郤桓度知道這四人無一不是武功高強，心下暗懍，不知夫概召他何事。

楚宮的氣概又是不同，金碧輝煌的大殿內，紅壁沙版，玄玉之楶，仰觀刻桷，畫殿樓台。

郤桓度心下讚歎，難怪一向僻處南方偏野之地的闔閭，捨不得放手，這便與一個窮家孩子，突然得到了富家子的玩意兒一樣。

夫概沉聲道：「闔閭的情形，你該知曉，我決定率部下返吳，現在就要看你的立場。」

郤桓度心想，終於到了攤牌的時間，夫概這樣違令而去，擺明和闔閭公開對抗。夫概對自己一向忌憚，假設自己不站在他的一方，看來他會將自己當場格殺。

郤桓度道：「大王不聽孫某勸告，決意留郢，刻下本人心灰意冷，辭去將軍之職，以後吳軍動向，均與孫某無關。」

他不稱小將而稱孫某，顯示他去意已決。

夫概目中寒芒電閃，忽地仰天長笑道：「我如何知道你此言虛實？」

郤桓度道：「這容易之極，剛才我來此之前，早修書一封，正想託人轉交大王。只不過念在夫概提攜之恩，特來請辭，兼且還有一個要求。」

夫概雙目虎視郤桓度，躍躍欲試，若不是郤桓度在戰場上表現了驚人的劍術，他早將郤桓度斬於劍下，哪用如此大費周章。

夫概先不問郤桓度有何請求，沉聲喝道：「信呢？」

郤桓度一邊注視著夫概及他手下四人，一邊伸手入懷中緩緩取出一個書簡，夫概眼利，瞥眼看到簡上刻著「吳王親啓」、「孫武跪稟」幾個大字。

夫概沒有立即審閱，道：「孫將軍爲何如此留意我身後這幾個下人？」

郤桓度猛然長笑道：「本人爲自己生命著想，豈能不留心他們？」

夫概神色不變道：「果然好眼力，只不知你有何要求？」

郤桓度道：「我希望夫概能讓令嫒舒雅小姐隨我遠赴異域，開創新天地。」

夫概勃然大怒，這人不知好歹，自己還未決定是否該立即搏殺他，居然膽敢做這無理要求。

手按劍柄，霍地站了起來，一股殺氣向郤桓度迎頭衝去。

他身後四名高手寂然不動，但雙目都露出了戒備的神色。

郤桓度把簡書重收入懷，向後退了兩步，神態凝重。他自知如惹得這五人出手，他能全身而退，已是萬幸，現在唯一方法，是針對當前利弊，動之以利。

郤桓度道：「夫概刻下若與孫某決死一戰，難保夷然無損，況且此事必被闔閭偵知，豈能容你安然回國，再從容佈置？」

夫概臉上怒火退去，回復冷靜，他是個雄才大略的人，深知郤桓度所言有理。

郤桓度道：「若夫概能准許舒雅小姐下嫁孫武，我當天立誓，必善待小姐，亦可免去她受戰亂之苦。」

夫概怦然心動，他這背叛闔閭的行動，一定會引來闔閭的反擊，兼且闔閭在吳國的勢力根深柢固，勢力比自己龐大，又有伍子胥這員猛將，鹿死誰手，尚未可知，如果自己心愛的女兒能得這人保護，起碼自己無後顧之憂，可以放手一搏。

他也是決斷之士，猛然抬起頭來道：「好！如此一言爲定。」

郤桓度迅速跪下行禮，兩人關係就如此定了下來。

郤桓度告別夫概，迅速趕往郢都城南的一所大宅，這是他和卓本長等約定見面的地方。

卓本長和三百家將全副武裝，枕戈而待，郤桓度來到時，一齊起立，露出崇敬的神色，郤桓度雙手翻雲覆雨，連威權武功不可一世的囊瓦也給他擊倒，故在他們心中建立了天神般的地位。

郤桓度不作廢言，開門見山地問道：「目下情況如何？」

卓本長揮手示意，專責偵察的一個家將馬丁立即報告道：「囊瓦和楚昭王兩人均於昨日城破時逃走，楚昭王避進雲夢澤內，囊瓦則往鄭國逃去，在我們精密的偵察網下，對兩人的行蹤，瞭如指掌，只待主公下追殺的命令。」

郤桓度略一沉吟道：「楚昭王國破家亡，已得回足夠的報應，但囊瓦這萬惡的賊子，我必須手刃之才甘心。可百足之蟲，死而不僵，他手下還有一定的實力，只不知在這方面我們知得多少？」

馬丁答道：「今次囊瓦帶了數十隨身護衛外，並沒有特別的高手，其他全是他的妻妾婢女和多年搜刮回來的錢財寶物，裝滿了二十多輛馬車，所以行走速度緩慢，如果現時以快馬追趕，可以在三日內追及。」

郤桓度仰天長笑，狀極歡暢。笑聲一止，轉問卓本長道：「楚師目下形勢如何？」

卓本長道：「囊瓦倉皇去國，楚國一直被壓制的才智之士如子西、子期等挺身而出，挑起救亡的重任，昭王已委之以政，開始組織反攻。楚國的名將沈尹戌，抄吳軍後路而來，欲斷其後援，楚人並不是全無反擊之力的。」

郤桓度喟然一歎，暗忖吳王不聽己言，懸師敵境，不求速決，兼之因兵力有限，無力擴大戰果，欲亡楚而不得，這樣滯留郢都，終陷入與楚長久對峙的困境，如此一來，吳師遠程奔襲的銳氣便喪失殆盡了。吳軍兵力有減無增，面對群起反抗的楚國軍民，形勢不言可知，可是現在他已無力扭轉局勢。

卓本長續道：「與吳國比鄰的越國，現時蠢蠢欲動，只要吳軍稍露敗績，便會侵犯吳國的本土，動搖吳人的根本。秦人亦在虎視眈眈，吳方的形勢並不樂觀。」

郤桓度猛一搖頭，決意再不想吳軍的問題，斷然道：「好！我們立即起程，教囊瓦血債血償。」

三百家將轟然響應。

目標愈來愈接近了。

在離開楚國郢都百餘里的內方山，山路之上，一隊人馬，護著二十多輛馬車，正在蜿蜒而上的道路前行。

山路頗窄，只可容一輛馬車通過。

這時是黃昏時分，車隊隨時準備遇上適當的空地便停下紮營。

一身紅衣的囊瓦單獨坐在一輛馬車內養神，臉色蒼白，被郤桓度所傷的那一劍還未能痊癒。肉體的損傷還在其次，但郤桓度一劍滿蓄內家真力，使他內腑亦受震傷。

他心中驚駭還未平復，這孫武一上來便以性命相搏，兼之劍術之高，平生僅見，他生性極爲自私，一點不怨自己暴虐無道，做盡壞事，想到這裡，車子猛然停下。

囊瓦大怒，正要喝罵，一連串慘叫傳來，四面滿是打鬥的聲音。

囊瓦「轟」的一聲，撞破車頂，橫躍路中，只見一人悠閒地按劍而立，不是自己的大敵孫武還有誰？

這時眾妻妾才知驚怕，哭聲震耳。

囊瓦環顧左右，最少有四百名全副武裝的戰士，以絕對壓倒性的姿態，向己方發動強而有力的進攻。

囊瓦不愧一代梟雄，沒有露出驚慌的神情，暗暗運聚功力，準備放手一搏。一邊沉聲道：「你究竟是誰？」

郤桓度淡然一笑道：「你終於醒悟了。」

眼中寒芒罩定這個使自己家破人亡、改變了自己一生命運的大仇人，猛然道：「本人正是郤宛之子郤桓度！」

囊瓦全身一震。

郤桓度手上銀光一現，「鐵龍」劃破長空，瞬息間刺往囊瓦咽喉。這一下佔了囊瓦心神大分的便宜，先聲奪人。

囊瓦不愧楚國第一高手，在這樣的劣勢下，仍能翻身向後，跟著地上紅影閃動，原來囊瓦借勢滾了開去。

郤桓度乘勢追擊，向著地上滾動的紅影刹那間刺下十多劍，囊瓦或掌或拳，一邊滾避，一邊擋格。

「砰」一聲，囊瓦撞著一株樹幹，他身形一閃，躲在樹後。

「嚓」的一聲，郤桓度鐵劍透過大樹，刺在囊瓦胸前，囊瓦大叫一聲，猛推樹身，身形彈開，一股血箭從前胸飆出，臉上露出不能相信的神情，很快又變爲悔恨。

郤桓度哈哈大笑，充滿得報大仇的欣悅，道：「囊瓦！囊瓦！你不知這把是比銅劍硬上幾倍的鐵劍，滿以爲樹幹可以阻擋我『鐵龍』的刺入，可笑呀可笑！」

在郤桓度的嘲弄聲中，囊瓦胸前鮮血緩緩擴大，「砰」的一聲，屍身倒下。

郤桓度舉起飽飲敵人鮮血的長劍，心中百感交集。

剩下的事，便是與夷蝶和夫舒雅會合後，遠赴他方，開拓自己理想的國度，其他一切恩怨都和他無關了。

《荊楚爭雄記》全書終

【歷史大事年表】

西元前五二五年　吳公子光率水軍攻楚。

西元前五二二年　楚平王相信費無極譖言，欲殺太子建。太子建逃往宋，支持太子的伍奢及長子伍尚被殺，伍子胥逃往吳。

西元前五一九年　吳王僚攻州來，楚令尹子瑕率諸候之師救之。戰於雞父（今河南固始東南），吳師勝。

西元前五一八年　楚平王率水軍攻吳而還，吳師追逐楚師，破楚邊邑。

西元前五一六年　楚平王卒，熊珍立，是爲昭王。

西元前五一五年　吳師攻楚，楚分兵兩路堵截吳師，吳師進退兩難。四月，吳公子光使專諸刺殺王僚，公子光立，即吳王闔閭。

西元前五一四年　吳王闔閭任用楚臣伍子胥。

西元前五一二年　伍子胥薦孫武，爲吳王闔閭治兵。

西元前五一一年　吳用伍子胥之謀，分吳師爲三部，輪流擾楚，楚師疲於奔命。

西元前五一〇年　吳王闔閭率師攻越，越君允常迎戰，吳、越開始交兵。

西元前五〇八年　秋，楚囊瓦攻吳，吳師敗楚於豫章，吳乘勝攻克楚之巢邑。

西元前五〇六年　吳王闔閭率師，與楚師戰於柏舉，吳大勝，侵入楚都郢。

西元前五〇五年　秦應楚大夫申包胥之請，以兵援楚，擊敗吳師，收回郢都。

西元前五〇四年　吳敗楚，楚遷都於鄀。

西元前四九六年　吳王闔閭攻越，敗歸，闔閭因傷而死，子夫差即位。

國家圖書館出版品預行編目資料

荊楚爭雄記／黃易著. --二版.--台北市：
蓋亞文化，2023.09－
面；　公分. --

ISBN 978-986-319-943-4（平裝）

857.9　　112013663

荊楚爭雄記

新編完整版

作　　者　黃易
封面題字　馬桂綿
裝幀設計　莊謹銘
特約編輯　周澄秋
總 編 輯　沈育如
發 行 人　陳常智
出 版 社　蓋亞文化有限公司
地址：台北市103承德路二段75巷35號1樓
電話：02-2558-5438　傳眞：02-2558-5439
電子信箱：gaea@gaeabooks.com.tw
投稿信箱：editor@gaeabooks.com.tw
郵撥帳號　19769541　戶名：蓋亞文化有限公司
法律顧問　宇達經貿法律事務所
總 經 銷　聯合發行股份有限公司
地址：新北市新店區寶橋路二三五巷六弄六號二樓
電話：02-2917-8022　傳眞：02-2915-6275
初版二刷　2023年09月
定　　價　新台幣 330 元
Published and printed in Taiwan

ISBN　978-986-319-943-4

黃易作品集臉書專頁　www.facebook.com/huangyi.gaea